DU SENTIMENT

DE LA NATURE

DANS LA POÉSIE D'HOMÈRE.

PAR

VICTOR DE LAPRADE.

A PARIS, CHEZ COMON, LIBRAIRE,
QUAI MALAQUAIS. 15.

1848.

DU SENTIMENT DE LA NATURE

DANS LA POÉSIE D'HOMÈRE.

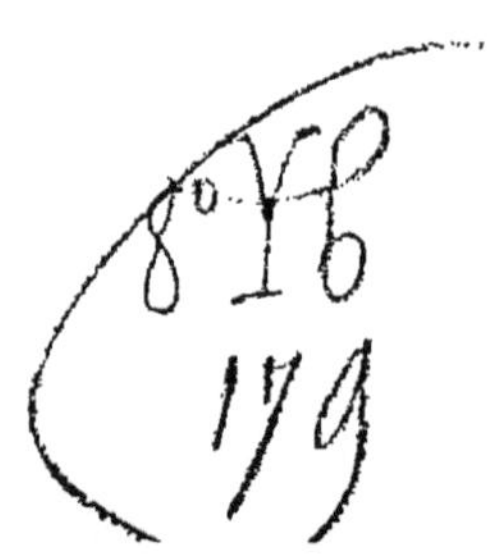

DU SENTIMENT

DE LA NATURE

DANS LA POÉSIE D'HOMÈRE.

PAR

VICTOR DE LAPRADE.

————⁂————

A PARIS, CHEZ COMON, LIBRAIRE,

QUAI MALAQUAIS. 15.

——

1848.

Aix. — Imp. de Nicot et Pardigon. — 1848.

𝔄 mon 𝔐aître

M. l'Abbé NOIROT,

Professeur de Philosophie au Lycée national de Lyon.

Hommage de reconnaissance et d'affection.

VICTOR DE LAPRADE.

DU SENTIMENT

DE LA NATURE

DANS LA POÉSIE D'HOMÈRE.

PREMIÈRE PARTIE.

—

CHAPITRE I.

Du sentiment Esthétique en général. — Sujet de cette étude.

Le sentiment esthétique, dans son universalité, embrasse tout ce qui peut être l'objet d'une impression produite sur les sens, sur l'intelligence et sur le cœur de l'homme. L'esprit du· poète est placé à un point de vue qui lui est propre vis-à-vis de chaque ordre de faits physiques ou moraux, mais aucun de ces ordres de faits ne se dérobe au sentiment poétique.

L'ensemble des choses, la réalité universelle se divise, relativement à la connaissance humaine, en trois mondes bien distincts, à savoir: les faits divins, les faits humains, les faits naturels; le monde de l'invisible, de l'infini, le monde de l'âme humaine, enfin le monde de la nature extérieure, du fini. Toutes les réalités, toutes les formes possibles de l'être sont comprises dans ces trois grandes catégories. Dieu, l'homme, la nature, voilà cette totalité des choses dont l'âme du poète doit recevoir la triple impression, dont son œuvre doit être le triple écho, le triple reflet.

Dans son action essentielle et primitive, la sensibilité esthétique s'adresse donc à l'ensemble des choses visibles et invisibles, à l'Etre tout entier ; mais elle se subdivise en autant de sentiments particuliers qu'il y a d'ordres particuliers de faits dans la réalité universelle. Les trois grandes divisions principales du sentiment poétique sont celles-ci : 1° le sentiment de l'infini ou du divin ; 2° le sentiment humain ; 3° le sentiment de la nature.

Il n'y a point de vraie poésie qui n'atteste ce triple sentiment de la réalité universelle; mais les trois principes qui constituent cette vaste et synthétique faculté d'où jaillit la poésie, peuvent n'exister qu'à des degrés inégaux dans l'intelligence du même poète. Tel écrivain, tel artiste percevra vivement et peindra d'une façon magistrale tout ce qui est du domaine des habitudes, des affections de la vie sociale, pour qui la nature restera un livre fermé, et qui sera sourd aux voix de l'invisible, aux sollicitations de l'esprit religieux. Toute une race, toute une époque se trouvent parfois défrayées dans leur développement artiste et littéraire par un seul de ces trois grands trésors d'idées. Rien cependant de

profondément poétique, rien de grand et d'éternel ne
se manifestera dans les arts, si l'œuvre est le produit
exclusif d'un seul de ces sentiments; c'est la concen-
tration de tous les trois sur la même pensée et dans
la même forme, qui élève une notion, une expression abstraites et prosaïques à l'état de sentiment,
de création esthétiques.

Puisque dans la même âme de poète ces trois ordres d'idées, Dieu, l'humanité, la nature, restent
distincts et peuvent être inégalement développés,
quoique nécessaires tous les trois, chacun d'eux, à
plus forte raison, doit être distingué dans la critique
et peut comporter une histoire à part dans l'histoire
générale de l'art et de la poésie. Bien plus, la seule
méthode qui soit capable de nous donner une vraie
philosophie de l'art, est celle qui, démêlant dès
l'origine de la pensée et du langage, dès les premiers
temps historiques, ces trois éléments spéciaux, en
étudiera séparément l'influence dans toutes les grandes créations de l'esprit humain. Tous également
légitimes, également essentiels, ces divers principes,
de l'intelligence esthétique ne sauraient être classés
hiérarchiquement. La science ne peut pas les subor-
donner l'un à l'autre; encore moins pourrait-elle en
omettre un seul. Toute théorie esthétique qui ne
tiendrait pas compte d'un de ces trois ordres de sentiment ne serait pas seulement incomplète, elle serait
radicalement fausse. Dans sa complexe immensité,
un seul de ces trois grands aspects de l'art suffit à

plusieurs volumes, à plusieurs années d'études; obligé
pendant ce temps là de concentrer toute son attention
sur la même série d'idées, un écrivain est exposé à
se voir accusé d'ignorer ou de négliger les autres
faits. Aussi toute histoire particulière de l'un de ces
trois éléments de la poésie doit-elle être précédée
d'une affirmation formelle de l'égale nécessité des
deux autres dans la constitution du seul complet, du
seul vrai sentiment esthétique.

Loin de nous donc, en traitant du sentiment de la
nature, l'idée de le poser comme principe unique de
la poésie et des arts ; il n'est ni le seul ni même
celui qui renferme la source la plus essentielle de
la faculté poétique. Si nous avions à établir une
prééminence, à signaler l'élément le plus profond ,
le plus vital de l'esprit de poésie, c'est dans le sentiment de l'infini et du divin, dans la possession de
l'idée antérieure aux formes, dans l'inspiration religieuse, en un mot, que nous placerions la principale force, l'intime virtualité du poète. C'est l'Etre
infini qui est l'auteur de la création, c'est l'idée infinie qui est la cause des formes diverses ; ce sera
donc, dans l'esprit humain, le sentiment de cet infini
qui sera la base nécessaire de tous les grands sentiments, la source de toutes les hautes facultés.

Mais d'autre part, comme l'œuvre par excellence
du Créateur, le modèle le plus complet de l'art ,
c'est-à-dire de la manifestation de l'idée par la
forme , se trouve dans l'ensemble de l'univers ,

dans la nature; que c'est dans le monde extérieur à
l'homme que l'artiste trouve à la fois la matière et
l'exemple de la création poétique, le sentiment. de
la nature, de l'univers visible, est celui sans lequel
une intelligence, fût-elle remplie des plus vastes
pensées, de l'émotion la plus religieuse, de la notion
la plus vive des faits humains, sera néanmoins incapable de se manifester sous la forme poétique ,
dans une œuvre d'art. Avec le sentiment de l'infini
et le sentiment humain isolés de celui de la nature,
il y a, dans l'ordre de l'action, des saints et des héros,
dans l'ordre de la pensée il y a des théologiens, des
philosophes, des orateurs, mais pas d'artistes, pas
de poètes.

La critique du sentiment de la nature offre cette
utilité particulière, que c'est d'elle qu'on peut tirer
le plus grand nombre de principes et de règles immédiatement applicables dans la pratique des arts.
Le sentiment du divin, de l'invisible infini , et tout
l'ordre d'idées correspondant, échappent souvent à
l'analyse par leur élévation même. En outre , pas
plus que le sentiment humain , celui de l'infini ne
renferme en lui-même le secret de son expression,
de son incarnation dans une figure, dans une forme
artistique; le sentiment de la nature, au contraire,
comportant essentiellement l'intelligence de la forme
et celle des rapports de la forme à l'idée, nous ap-
parait comme tout particulier au poète, à l'artiste,
comme inséparable du don de création. La simple

qualité d'être pensant et moral implique chez tout homme, à un certain degré, le sentiment de l'infini et toutes les variétés du sentiment humain. Des intelligences les plus élevées, les plus morales, des cœurs les plus religieux, le sentiment de la nature est quelquefois absent; mais il ne peut manquer à un écrivain sans que cet écrivain cesse d'être un poète, un artiste, sans qu'au lieu d'être sculpteur ou peintre, il ne reste plus que copiste et manœuvre.

Ce n'est pas ici la théorie complète du sentiment esthétique de la nature, ce n'est qu'un chapitre de son histoire que nous essayons d'écrire ; chapitre important et difficile, car il doit peindre l'époque où le sentiment de la nature a subi la transformation la plus radicale qui l'ait modifié depuis le berceau de la poésie primitive jusqu'à notre temps. Nous voulons esquisser la révolution faite par la Grèce dans le sentiment poétique et religieux de la nature tel qu'il avait régné dans l'Antiquité orientale.

Outre son importance dans l'histoire générale de l'art, la révolution esthétique faite par la Grèce, a pour nous cet intérêt particulier, qu'elle est la source de la tradition littéraire des Latins, d'où dérive toute notre poésie des trois derniers siècles. Ce n'est pas que la façon dont les Grecs ont compris la nature n'ait subi plusieurs altérations avant de devenir le sentiment esthétique de nos dix-septième et dix-huitième siècles. Les Latins déjà ont modifié ce sentiment; le Christianisme l'aurait transformé dans son essence, si les souvenirs de l'Antiquité payenne, si les exemples d'Homère et de Virgile n'avaient pas dominé dans l'imagination de nos poètes les révélations faites au cœur humain par la Bible et par l'Evangile. En plein Christianisme, nos poètes des derniers siècles n'ont vu la nature qu'à travers les yeux des Romains du siècle d'Auguste; or, le sentiment poétique des écrivains Latins de cette époque était directement issu de l'esprit grec.

Il n'y a dans l'histoire qu'une seule révolution dont la grandeur dépasse celle du fait que la Grèce représente dans le monde; cette révolution c'est le Christianisme. En le prenant à sa source, c'est-à-dire dans le Mosaïsme, le Christianisme est, à travers les âges, le développement de la véritable idée de Dieu; c'est la marche de l'infini dans l'humanité. La Grèce est l'avènement de l'homme, de la liberté humaine, de l'idée d'humanité au sein du panthéisme écrasant des religions de l'Asie. D'une part, l'idée de Dieu, la pensée spiritualiste, le sentiment de l'infini tels qu'ils ont été donnés au monde par le Christianisme; d'autre part, l'intelligence, la liberté, la conscience humaine issues du mouvement hellénique; Dieu se révélant lui-même à l'homme, l'homme s'affirmant à lui-même en face de Dieu; le sentiment de l'infini contemporain du premier réveil de l'âme, la notion du fini, la conscience du moi, de la volonté renfermées dans le premier acte de liberté morale ; voilà ce qui constitue le monde spirituel tout entier, voilà l'esprit moderne tel qu'il s'est dégagé de l'esprit confus de l'Orient.

Le Paganisme grec, continué en Italie, préparait de son côté l'avènement du vrai Dieu, en procédant à l'apothéose de l'homme en face de la nature. C'était, en Judée et en Grèce, une lutte ouverte contre le panthéisme, contre le Dieu-Nature; en Judée, au nom de l'éternel invisible, de l'incommensurable infini, de l'infinie liberté; en Grèce, au nom de la liberté finie, de la conscience, de l'esprit humain. Pendant plusieurs siècles, la Grèce adora l'homme divinisé pour se soustraire au culte oppresseur de la nature; son paganisme fut moins monstrueux que celui de l'Égypte et de l'Inde, car en laissant subsister l'idée de la liberté dans ses idoles, elle maintenait l'idée d'une volonté libre, d'une conscience morale dans l'homme, l'idée de la distinction du bien et du mal, l'idée d'une lutte possible contre la fatalité, tous ces fondements de la morale sapés par le panthéisme oriental. La Grèce a conduit les intelligences aux portes de la vraie religion. Quand l'idée chrétienne de l'Homme-Dieu devra se répandre dans le monde, elle trouvera son chemin tout préparé par les religions et les philosophies helléniques; elle s'assoiera tout naturellement dans les temples et dans les écoles fondées par le génie grec, tandis qu'après dix-huit siècles elle n'a pu réussir encore à détrôner les cultes panthéistes de la Haute-Asie. Ainsi l'esprit de l'Antiquité grecque et latine, que l'on a considéré longtemps comme le principal adversaire de l'Évangile, fut, au contraire, pour le Christianisme, l'auxiliaire le plus puissant. Aux disciples de Platon et aux apôtres de Jésus, il ne fallut que le temps de se parler et de se comprendre pour s'embrasser au nom du λόγος éternel. En un petit nombre de siècles, Athènes et Rome furent réconciliés à l'É-vangile, à la doctrine du Verbe ; et , de nos jours encore , le Christianisme n'a pas réussi à franchir sur la carte de l'ancien monde les limites de la phi-losophie grecque et de l'Empire romain.

Les sociétés modernes dérivent donc d'une double tradition, la tradition divine qui vient de l'Orient, la tradition humaine qui part de la Grèce. Tout ce qui, dans la civilisation chrétienne, art, poésie, institu-tions, n'est pas une dérivation immédiate de l'idée religieuse, tout ce qui a pour origine la libre intel-ligence de l'homme , se rattache par un lien quel-conque à l'esprit de l'Antiquité. Aussi, chaque fois que l'analyse se porte sur un sentiment, sur une idée, sur une doctrine en vigueur parmi nous et que nous en voulons connaître la source historique ; c'est à la Grèce que nous sommes le plus souvent ramenés; c'est à elle infailliblement, quand il s'agit d'art et de littérature.

L'étude du sentiment esthétique de la nature nous place au centre du plus grand travail accompli par l'esprit grec ; car, dans l'histoire, l'époque helléni-nique représente surtout la révolte de l'homme con-

tre la domination du monde physique, l'apparition
de la conscience et de la liberté au sein du fatalisme;
c'est le moment de transition entre le culte oppresseur de l'univers matériel qui tient l'Orient enchaîné,
et cette lutte ouverte contre la nature, commencée
par le Christianisme et continuée triomphalement
par la science et l'industrie modernes. La science
comme la liberté est née en Grèce avec l'anthropomorphisme; la plus puissante machine de guerre qui
ait été construite par l'humanité contre la nature,
c'est la première statue d'un homme-Dieu.

Rechercher quels sont les caractères du sentiment
de la nature particuliers à la poésie grecque, tel est
le but de ce travail.

Avant d'entrer dans le royaume splendide de la
Muse Homérique pour y soumettre au prisme les
reflets du ciel de la Grèce, nous sommes forcés
de nous arrêter un moment dans le froid domaine de la métaphysique. Nous avons besoin de
savoir ce qu'est en lui-même, indépendamment de
toute modification personnelle et locale, ce sentiment poétique de la nature, pour juger les formes
littéraires qu'il a revêtues à telle époque et chez
telle race. Posons, dans de rapides prolégomènes, une
théorie du sentiment de la Nature, dont le développement complet exigerait un long volume; réduite
à quelques principes sommaires, cette théorie sem-
blera peut-être manquer de rigueur et de clarté :
nous espérons la justifier un jour en publiant le travail plus approfondi dont elle émane.

CHAPITRE II.

Du sentiment poétique de la nature.

Le sentiment esthétique de la Nature est nn sentiment complexe comme son objet ; chacune des impressions et des notions particulières dont il se compose, correspond à un des éléments qui constituent, au point de vue de l'esprit humain, le monde extérieur à l'homme, l'univers, la création.

La nature, en regard de notre intelligence, telle que les lois de notre esprit nous forcent de l'envisager, la nature est un vaste ensemble de phénomènes, de formes, de signes sensibles qui nous enveloppent de toutes parts. Ce qui nous frappe d'abord dans l'univers, l'objet direct de notre première impression, c'est la forme extérieure, c'est le signe matériel qui agit sur nos sens. Mais derrière ces formes qui se manifestent à nous par nos sensations, il y a des idées, il y a des causes ; car toute forme est essentiellement représentative d'une idée, essentiellement expressive d'une cause. La forme ne peut être conçue sans un support nécessaire qui est l'idée. Dans le langage des sciences naturelles on appellerait du nom de force ce que nous nommons idée dans le langage de l'esthétique. Relativement à la forme, l'idée doit être considérée comme substance et comme cause. Chaque forme dans l'univers suppose donc une idée qui l'engendre ; derrière le monde des formes, des signes sensibles, il y a donc le monde des idées. Ce lieu où reposent les idées de toutes les formes, c'est l'intelligence divine, c'est la pensée de Dieu.

L'intelligence divine est une et infinie comme Dieu est un et infini. Mais en se réalisant par la création dans le monde matériel, c'est-à-dire dans un ordre fini et borné, la pensée divine sort de son unité, elle se diversifie, s'individualise ; son infinité se limite dans la multitude indéfinie des formes et des existences créées. Chacune de ces formes, chacune de ces existences représente donc un des innombrables aspects de la pensée divine, un des innombrables attributs de l'Être divin. Ce qui existe en Dieu à l'infini, la nature le reproduit dans le fini. Mille existences, mille formes nouvelles jaillissent progressivement dans le sein de la création, sans que leur multiplicité innombrable puisse jamais réaliser dans la nature l'infini de l'Être qui est en Dieu. L'univers créé, la nature, c'est la manifestation successive, la réalisation dans les limites du temps et de la matière des idées éternelles qui résident dans l'intelligence divine.

Jamais l'univers créé n'arrivera à reproduire, dans les phénomènes qui le composent, l'infinité de la pensée du Créateur. Le monde visible ne retracera jamais en entier le monde intelligible ; à aucun moment de la durée, la nature n'exprimera tout ce qui est en Dieu. De même dans l'intelligence de l'homme, quoique bornée et relative, il reste toujours quelque chose que les signes extérieurs laissent inexprimé ; l'œuvre d'art, si accomplie qu'elle soit, ne rend jamais qu'une partie de la conception de l'artiste. Mais s'il est certain que le monde des formes, nécessairement fini, ne saurait reproduire en totalité le monde infini des idées, que la création ne renfermera jamais toute la pensée de Dieu, il est également vrai que la création ne peut renfermer aucune forme qui ne dérive d'une des idées de l'intelligence divine. En un mot, il ne peut y avoir dans la nature aucune forme, aucun signe qui ne corresponde à une idée et aucune idée qui n'existe en Dieu. Chaque phénomène de la nature est le symbole d'une des pensées de Dieu.

Le sentiment esthétique de la nature nous apparaît donc déjà comme composé de deux notions également essentielles, la notion de l'idée et celle de la forme. A l'aspect de chaque phénomène de l'univers, nous sentons implicitement qu'il y a là, outre la forme physique, une signification morale.

Mais la nature est autre chose qu'un livre composé de caractères inanimés, qu'un tableau peuplé de figures muettes. La création ne représente pas la pensée du Créateur comme l'écriture représente la pensée de l'homme. Il y a quelque chose de plus dans la nature que la forme et l'idée, quelque chose de supérieur à la forme et à l'idée elle-même, quelque chose qui explique cette union de l'idée avec la forme, et qui rend ainsi compte de la création.

Dans la nature, faite à l'image de Dieu, il y a plus que l'idée et la forme, car en Dieu il y a plus que l'intelligence et la puissance, plus que la pensée et la force d'incarner la pensée dans une manifestation extérieure. L'intelligence et la puisssance toutes seules ne suffisent pas pour expliquer comment la pensée divine est devenue un monde vivant extérieurement à Dieu, comment l'idée a produit la forme et pourquoi le Verbe invisible s'est exprimé dans une création.

Un troisième élément existe dans la nature avec l'idée et la forme, de même qu'il existe dans l'Etre absolu une troisième énergie avec la sagesse et la puissance. Ce troisième principe de la nature est autre chose que le rapport de la forme à l'idée, ainsi que l'appelleraient certains philosophes. Cet attribut nécessaire possède une existence plus active et pour ainsi dire plus personnelle que ne le serait la qualité d'être un simple rapport de médiation entre l'idée et la forme. Ce troisième aspect, ce troisième attribut de la nature qui se retrouve à un degré plus ou moins élevé dans tout ce qui tombe sous nos sens, c'est la Vie. Rien enfin ne saurait exister dans la nature sans une forme qui le détermine et le rende sensible à l'intelligence humaine , sans une idée en Dieu qui soit son type et sa raison d'être, sans une vie qui soit sa propre participation à l'Etre.

Ainsi la création, ainsi l'être fini se trouve reproduire exactement le type du Créateur, de l'Etre infini au sein duquel une troisième énergie coexiste avec l'intelligence et la puissance pour former le complément de l'unité divine. L'Amour est cet autre principe de la substance incréée; il est même, si l'on peut s'exprimer ainsi , le principe de la vie de Dieu, l'attribut primordial ; vis-à-vis de la nature, il est également le principe de création, la cause par excellence, la source de la vie. De même que dans la nature la forme correspond plus particulièrement à l'intelligence , que le support de la forme, c'est-à-dire la substance ou l'idée, se rattache à la puissance, ainsi la vie dérive plus particulièrement de l'amour.

La nature est donc créée de tout point à l'image de Dieu; c'est la représentation matérielle de l'être immatériel; c'est la figure finie de l'Être infini; c'est un miroir où se reflète pour les yeux de notre esprit la forme de l'invisible.

En réalité, c'est Dieu à travers la création , c'est l'invisible à travers le visible, que va chercher le sentiment esthétique de la nature. La faculté poétique par exellence , le côté religieux de l'esprit de l'artiste, celui par lequel la poésie s'appuye sur la réalité, c'est la faculté de sentir ainsi la nature comme symbole du monde divin. Mais l'unité de ce puissant état de l'âme peut se rompre et se subdiviser en plusieurs facultés et sentiments partiels correspondants aux divers attributs, aux diverses faces de la nature. Ainsi, comme il y a dans la nature l'idée, la forme et la vie, il y a un sentiment poétique qui s'adresse surtout à la forme, un autre à l'idée, un autre à la vie. Dans une âme vaste et complète, ces trois activités subsistent, quoique d'ordinaire dans des proportions inégales ; tel homme comprendra mieux la forme dans la nature, tel autre percevra mieux l'idée, tel autre enfin sentira mieux la vie.

La connaissance humaine dans ses voies diverses est obligée de traverser la nature pour arriver au vrai. Toutes les sciences ont quelques questions à faire au monde extérieur, même celles qui regardent uniquement l'idée pure comme l'Ontologie, la Métaphysique, les Mathématiques ; celles qui s'occupent surtout des manifestations et des lois de la vie portent plus spécialement le nom de sciences naturelles ; l'industrie est une application de ces sciences rég'ée par les Mathématiques. Les arts qui dans la nature semblent ne considérer que la forme, doivent au sentiment de la vie tout ce que leurs œuvres ont d'émouvant, et à celui de l'idée, laquelle est le support de la forme et la règle de la vie, tout ce que ces œuvres présentent d'enseignements moraux et religieux.

Tout genre d'étude qui ne considère dans la créa-

tion qu'une face isolée et abstraite, reste en dehors
de notre sujet; il appartient à la métaphysique ou aux
sciences naturelles, mais non à la philosophie de
à l'art, l'Esthétique. La notion esthétique de la nature est une notion éminemment concrète; elle s'a-
dresse ou à l'universalité des choses, ou à un objet
dans sa totalité, dans tous ses attributs. Quoique
chaque artiste et chaque poète individuellement
puisse se préoccuper plus de la forme ou de l'idée
ou de la vie, le sentiment poétique en lui-même
ne se distingue pas moins de tous les autres actes
de l'esprit vis-à-vis de la nature, en ce qu'il saisit à
la fois en elle tous ses attributs. Le poète voit en
chaque objet l'idée qu'exprime la forme, et la vie
qui fait sortir la forme des régions invisibles de
l'idée.

Voilà donc ce qu'est la nature au point de vue esthétique : la réunion des innombrables signes, des
symboles vivants qui manifestent l'Être absolu. Dieu
dans la création, tel est l'aliment éternel de l'esprit
humain, l'objet essentiel de l'art et de la science. Le
philosophe et le savant cherchent à pénétrer, à tra—
vers les phénomènes matériels, dans les secrètes lois
de la sagesse et de la puissance invisible pour les
dévoiler aux hommes sous le nom de Vérité; ils possèdent à l'état réfléchi cette idée de la nature représentative de Dieu; l'artiste et le poète la possèdent à
l'état spontané, à l'état de sentiment et d'instinct;
leur génie, à travers la nature, sent surtout le rayon-

nement de l'amour ; il se féconde par la contemplation enthousiaste du monde extérieur, pour reproduire à nos yeux quelque chose de la vie divine sous cette
forme de vérité supérieure qu'on appelle la Beauté.

Le sentiment de la nature dans ses rapports avec
l'intelligence et le cœur de Dieu, qu'elle exprime aux
regards de l'homme, ne constitue pas l'intégralité du
sentiment esthétique qui dérive d'elle. En étudiant
esthétiquement la nature, après qu'on l'a considérée
relativement à l'Etre infini, à l'image de qui elle a été
faite, il reste à l'envisager sous un autre point de
vue aussi fécond peut-être et plus saisissant. Au milieu de la nature même, il y a quelque chose d'aussi
noble, de plus noble qu'elle ; il y a un être qui se distingue d'elle nettement, et se trouve placé à égale
distance du reste de la création, du reste de l'univers
matériel, et du monde spirituel et divin, de l'Etre absolu et infini. Ce sujet pour qui la nature est un objet
distinct et séparé, cet être placé au sein de la création et plus grand qu'elle, c'est l'âme humaine, c'est
l'intelligence en qui réside ce sentiment esthétique
que nous analysons.

La branche la plus considérable de l'esthétique de
la nature naît des rapports du cœur humain avec l'u-
nivers visible.

La nature n'a pas avec notre âme ce seul rapport
qu'elle est pour l'intelligence un objet de perceptions ;
elle a des relations plus profondes avec l'être humain, des relations de ressemblance, des analogies

de structure intime. Les mêmes lois président à la vie dans toutes ses manifestations ; elles sont également appliquées à l'âme humaine et à l'univers, créés tous deux d'après le type éternel de l'Être, produits comme une manifestation, comme une représentation vivante de leur auteur. En un mot, l'homme et la nature sont faits à l'image l'un de l'autre, parce que tous deux sont faits à l'image de Dieu.

Nous avons dit de l'univers visible que chacun de ses innombrables phénomènes représente dans le fini une des idées infinies qui sont en Dieu ; que chaque forme sensible est le symbole d'un type immatériel, d'une idée divine ; que chaque loi de la nature correspond à une des lois de l'intelligence incréée; enfin qu'il ne peut rien y avoir dans le monde sensible qui n'existe dans l'invisible, dans la pensée infinie, dans Dieu. Nous pouvons dire également de l'âme humaine, que toutes ses facultés, tous ses attributs correspondent, dans le rapport du fini à l'infini, aux divers attributs de la substance divine; c'est énoncer en d'autres termes cette vérité de la Genèse : Dieu créa l'homme à son image.

L'âme humaine et la nature étant formées sur le même type, offrant chacune le symbole du même être, sont nécessairement aussi symboliques l'une de l'autre. La même idée, la même loi de l'intelligence absolue qui a sa représentation extérieure et sensible dans la nature, a son idée, sa faculté correspondante dans l'âme humaine ; en outre, chaque pensée, chaque sentiment de notre âme a son expression figurée dans un des phénomènes de l'univers. Il n'existe donc pas un fait dans le monde extérieur qui n'ait une double signification idéale, et comme expression de ce qui est dans le cœur humain, et comme expression de ce qui est en Dieu. L'âme humaine trouve dans la nature le tableau de ses propres idées, de sa propre vie, et l'image des idées et de la vie de Dieu. L'homme est un abrégé de la création, et la création elle-même dans son vaste langage est un abrégé de la parole divine. Il y a donc rapport de parenté, de sympathie, de ressemblance entre l'humanité et l'ensemble de l'univers ; ils sont comme un frère et une sœur en qui coule le même sang ; ce sang, c'est la vie universelle, c'est le principe de l'Être.

Ainsi le sentiment esthétique de la nature a pour base principale la notion nécessaire et spontanée, des rapports de la forme sensible avec les idées pures, cette croyance que tous les faits de l'univers physique sont symboliques des divers attributs de la substance divine. Mais ce n'est pas là tout le sentiment de la nature ; il s'adresse encore à un autre ordre de rapports, de faits symboliques moins vastes, mais plus intéressants peut-être pour le poète, car ils touchent de plus près son cœur ; ces faits sont ceux qui nous présentent dans le monde extérieur la figure de tous les faits moraux, l'expression de toutes les manières d'être de l'âme humaine.

De ces rapports mystérieux de notre âme avec l'univers visible et de tous deux avec Dieu, dérivent tous les grands principes où s'alimente la poésie, autant comme ordre d'idées que comme mode particulier d'expression.

Quel homme ne l'a pas appris de ses propres émotions ? Il y a dans la nature quelque chose qui répond à toutes les situations de notre âme, aux phases les plus diverses de nos passions, aux figures les plus insaisissables de nos rêves; il y a des couleurs pour servir de parure à toutes nos joies ; il y a des bruits gémissants pour faire écho à toutes nos douleurs; il y a des promesses infinies pour nourrir toutes nos espérances.

Mais ce qui fait surtout la grandeur poétique de la nature, ce qui la rend instructive et sacrée autant qu'elle nous est douce, c'est qu'en nous parlant de notre propre cœur elle nous parle de Dieu avec les mêmes mots; c'est qu'il n'est pas entre ses moindres tableaux une seule figure de nos sentiments et de nos pensées qui, malgré l'infinité de la distance, ne se rattache aussi à une des innombrables pensées qui se déroulent dans le sein de l'Eternel. Sitôt qu'une voix des forêts ou des fontaines nous a fait entendre quelques notes des mélodies de la terre, nous sentons murmurer en nous une voix qui nous révèle l'universelle harmonie. Sitôt qu'un sourire de l'invisible nous luit dans la sérénité du ciel, un regard plein d'amour s'ouvre dans notre cœur pour sourire aux hommes, à la nature et à Dieu.

Le monde physique est donc entre Dieu et l'humanité un sublime intermédiaire participant des deux
mondes qu'il sépare ; il porte à la fois dans chacun
de ses traits la ressemblance de l'être pour lequel il
fut crée et la ressemblance du Créateur. La nature
est un milieu transparent qui reflète à la fois
les deux horizons opposés. Elle est comme un de
ces miroirs liquides, comme un de ces beaux lacs
des montagnes où l'homme en s'inclinant voit le ciel
se peindre avec tous ses nuages et toutes ses étoiles, sans cesser d'apercevoir au fond la terre avec
les plantes et les cailloux variés ; là, par un gracieux enchantement, il s'apparaît à lui-même au
milieu de cet immense tableau où, dans un mélange
sans confusion, il peut contempler à la fois le monde
qui est au-dessus de lui et le monde qui est à ses
pieds.

Quand l'homme doué du sens des harmonies découvre dans un phénomène de la nature l'expression
vivante d'un des sentiments de son cœur, quelque
chose d'indéfini, de mystérieux, de divin s'offre aussitôt à lui ; il voit poindre, à travers le symbole de la
forme, la lueur de l'idée qui est en Dieu ; alors le
sentiment qui l'animait s'agrandit et s'épure, ce qu'il
y avait dans son âme d'éphémère et d'individuel s'efface, l'infini le pénètre et lui communique sa vie plus
abondamment.

C'est pourquoi le poète s'empare des couleurs et
des formes de la nature pour en revêtir sa pensée,

et prête à la nature sa parole pour qu'elle nous fasse mieux comprendre tout ce qui s'agite en elle, toutes les révélations tendres ou sublimes qu'elle est chargée de nous faire de la part de Dieu. Les sentiments humains que la poésie exprime en les revêtant d'images empruntées à la nature, en reçoivent cet aspect plus saisissant qui est le caractère de la réalité matérielle ; en même temps, ce qu'il y a d'ineffable profondeur, ce qu'il a de la vie divine dans la création se communique aux sentiments ainsi exprimés, et la pensée devient un verbe vivant qui élève les esprits à cet état de lumière et d'émotion supérieure, effet de la véritable poésie.

Ainsi dans l'œuvre du poète, c'est tantôt l'âme qui s'exprime par l'organe mélodieux de la nature, tantôt c'est la nature qui manifeste ses secrets dans le langage des sentiments humains ; le poète entend s'échapper d'elle comme un écho de nos voix intérieures, et cette mélodie, tout en lui représentant ce qui se passe dans le cœur, lui révèle ce qui se passe en Dieu dont la nature et l'homme sont les manifestations.

Le sentiment esthétique de la nature se nuance à l'infini selon les âmes qui l'éprouvent ; on peut cependant réduire ces nuances à un nombre déterminé en se fondant sur une méthode positive de division.

En considérant la nature sans sortir d'elle-même, sans y chercher les analogies du cœur humain, et sans tenir compte des choses divines qu'elle symbo-

lise, on la voit cependant sous trois points de vue
divers, d'où naissent trois formes particulières du
sentiment esthétique ; c'est, comme nous l'avons déjà
dit : le sentiment de la forme dans la nature, celui de
l'idée ou de la loi, celui de la vie ; à chacun de ces
modes de sentir se rattache une famille d'esprits poétiques et un genre distinct de poésie.

Cette première classification des impressions esthétiques produites par la nature, est faite en vue
de la nature isolément prise, et sans tenir compte
des rapports symboliques qui l'unissent à l'intelligence divine et à l'âme humaine ; mais ce double
symbolisme est ce qui donne à la nature son immense importance poétique, et c'est de lui que dérivent les différences fondamentales de nos impressions en face de l'univers.

La nature, envisagée dans sa signification complète, c'est-à-dire à la véritable place qu'elle occupe entre Dieu et l'homme, et comme reproduisant
des traits communs à tous les deux, engendre une
autre division du sentiment esthétique correspondante à celle que nous avons déjà établie en partant
du sentiment du monde extérieur pris indépendamment de ses rapports avec Dieu et l'humanité.

Placé en face du spectacle de l'univers, l'homme,
doué du sens poétique, verra plus particulièrement,
selon la direction de son esprit, ou bien les harmonies de la nature avec notre âme, ou bien ses rapports
avec l'intelligence divine, ou bien, enfin, il con-

templera le monde extérieur en lui-même, en ce
qui le distingue et le sépare des deux autres ordres
de réalités.

Celui que les phénomènes de la création frapperont
surtout par l'idée générale, par la loi qu'ils représentent, cherchera principalement dans la nature une
révélation du monde divin, des attributs de l'Être
absolu, de la substance divine ; en lui le sentiment
de la nature sera presque identique au sentiment
religieux et finira par se confondre avec ce sentiment.

L'homme qui, se préoccupant moins de l'idée
dans la nature et du monde absolu et divin qu'elle
réflète, et qui, négligeant aussi l'aspect particulier
de la nature en tant que possédant la vie, contem-
plera surtout la forme elle-même, le côté le plus immédiatement sensible des objets, forcé qu'il sera par
les lois de notre esprit à juger de toutes les formes
d'après leurs rapports avec nos propres idées, nos
propres impressions, celui-là sera ordinairement
plus porté à chercher dans la nature l'expression des
choses de l'âme, il saisira surtout les rapports de
la nature avec l'humanité.

Enfin, l'aspect de cette puissance de vie qu'atteste
la nature et qui semble avoir une existence indépendante, et prendre sa source en elle-même, tant elle
s'élève en dominatrice au-dessus de l'homme, l'aspect
de la vie dans le monde physique frappera tellement
certaines intelligences, que l'âme s'oubliera elle-
même en face de l'univers, comme elle oubliera

aussi le monde invisible et absolu dont la nature n'est que l'expression et le produit.

Il se rencontre en effet, quoique le nombre en soit bien rare parmi les poètes de l'Occident, des esprits qui perdent de vue et l'idée d'un monde invisible et le sentiment de l'humanité, au sein de la contemplation absorbante de la vie dans la nature.

Chacune de ces trois branches principales du sentiment esthétique de la nature pourrait se subdiviser en une multitude de ramifications dont nous verrions dériver tousles différents genres de composition poétique et de style, et plusieurs même des grandes divisions de l'art ; mais nous ne faisons pas ici une théorie générale et complète du sentiment poétique de la nature ; le but de notre travail est de faire l'histoire de ce sentiment à l'époque hellénique; nous n'avons donné à la partie théorique que le développement strictement nécessaire pour faire comprendre à quels principes se rattachent nos jugements sur la poésie grecque.

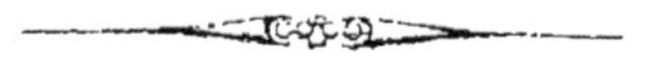

CHAPITRE III.

Du rôle de la Grèce dans l'histoire du sentiment de la nature.

La Grèce est le premier champ de bataille où l'esprit humain ait commencé à se défendre victorieusement contre la domination de la nature. Divine auxiliaire de l'homme dans cette lutte de l'intelligence contre la matière, de la liberté contre le destin, la Providence avait tout disposé sur le terrain du duel pour rendre moins disproportionnée l'inégalité des forces. Entre les races humaines, celle qui fut appelée à ce combat, justifiait d'ailleurs par la grandeur de son héroïsme, cette révolte des fils de Japet contre l'antique marâtre dont le sein avait mêlé jusqu'alors tant de poison aux aliments qui lui sont arrachés par l'homme. Les monstres que l'Hercule grec eut à dompter, auraient résisté à tout autre bras qu'à celui du robuste père de la race dorienne. Pour percer l'impur Python dans ses marécages inaccessibles, il fallait le regard sûr et la flèche acérée d'Apollon. Le lion de la forêt de Némée, l'hydre de Lerne et les vautours de Stymphale fussent restés invincibles à des races vulgaires; mais ils devaient succomber sous les efforts de cette race de héros, de cette famille olympienne des Grecs qui méritèrent le nom de De—

mi-Dieux. Du reste, sur le sol de la Grèce, les forces hostiles qu'oppose la nature à l'homme n'étaient pas assez démesurées pour rendre la lutte impossible. Ce n'étaient plus les forêts gigantesques des boabals de l'Inde, où chaque arbre exige un siége en règle comme une tour ; où fourmillent, parmi les plantes vénéneuses, des reptiles monstrueux que peuvent seuls écraser sous leurs pieds les troupeaux d'éléphants semblables à des montagnes roulantes. On ne rencontre plus, sur cette terre d'Europe, de fleuve pareil à ces fleuves d'Orient aussi larges à leur embouchure que tout le territoire d'une république grecque ; des cimes comme celles de l'Himalaya dont la base couvrirait toute la péninsule hellénique. Pour vaincre cette nature exubérante de l'Asie, il faudra plus que l'héroïsme de l'homme adolescent ; il faudra qu'après des milliers d'années, l'humanité disciplinée revienne attaquer cette terre avec toutes les forces lentement arrachées à la nature elle-même. Sur le territoire de la Grèce, la nature peut être attaqué et vaincue en détail, les efforts individuels ne sont pas perdus ; chaque homme peut faire une blessure qui reste dans le flanc de l'ennemi commun. Là, pas un courant d'eau que le soldat dorien ne puisse traverser à la nage, même avec ses armes ; quelques bambous du Gange attachés l'un à l'autre feraient toute la largeur du Sperchius ou du Pénée ; pas un sommet d'où l'élève aux aux pieds légers du Centaure ne puisse rapporter

avant le soir le nid de l'aigle que sa flèche a percé
le matin dans la vallée. L'Ossa, le Pinde et le Pélion,
entassés de nouveau par les Titans grecs, attein-
draient à peine le premier échelon de l'Olympe indien.

Dans l'Orient primitif, l'incommensurable, l'infini entourent de tous côtés l'homme et l'écrasent. La
lutte est inutile ; plongée dans une immobile rési-
gnation, l'âme ne peut faire autre chose que se laisser paisiblement absorber dans cet infini par les
canaux épuisants de la contemplation et de l'extase.
Des populations entières, des masses humaines seraient nécessaires en Asie pour frayer une route entre chacun des points déjà conquis, déjà habités par
l'homme ; des fleuves sans rives, des steppes sans
horizons, des chaînes de montagnes infranchis-
sables, y séparent les empires et les cités. Le lit
d'un torrent desséché, un bras de mer que franchi-
rait la flèche d'un archer crétois, divise, en Grèce,
deux états qui laisseront au monde des noms illustres ; les distances y sont calculées sur les pas
de l'homme, et les hauteurs sur sa taille. En un temps
de course, le soldat de Marathon traverse toute la
largeur de l'Attique. L'amphithéâtre, élevé de main
d'homme pour les Jeux d'Apollon et de Bacchus,
remplit toute une vallée du Péloponèse, et ses derniers gradins atteignent le sommet de la colline.
Sur la cime de chacune de ces montagnes de marbre, d'où le sculpteur grec tirait ses dieux, l'archi-

tecte pouvait transporter les colones taillées dans
la base. De presque toutes ces hauteurs, l'artiste
apercevait, se découpant avec netteté sur l'azur de
la mer, les lignes harmonieuses des côtes. Partout
des contours arrêtés, des formes parfaites, des horizons finis se présentaient à l'œil et à l'esprit de
l'homme. En un mot, quoique nulle part la nature ne
soit réduite à de si humbles porportions que l'homme
ne sente toujours sa petitesse devant elle, néanmoins cette nature de la Grèce était calculée de telle
sorte par le Créateur que, sur cette terre, les dimensions humaines pussent servir de commune mesure,
qu'entre elle et l'esprit de l'homme la lutte fût possible, et que la conscience de la liberté n'y fût pas
étouffée, avant de naître, par le sentiment de l'infini.

La révélation de l'immensité, cette effluve de
l'élément divin sous laquelle s'abîme parfois la notion
de notre personnalité, le sentiment de l'infini arrive
en même temps à notre âme par le dedans et par le
dehors. Quand il se produit au dedans de nous par
l'action de l'esprit, c'est une force qui nous élève
au-dessus de nous-mêmes ; quand nous le puisons
dans le monde extérieur, c'est souvent un vertige qui
nous fait trembler et nous précipite à genoux devant
cette puissance mystérieuse qui de tous côtés nous
enveloppe et nous presse. Aux âges primitifs où la
pensée humaine sommeillait encore, la notion ra-
tionnelle de l'infini n'était pas assez énergique pour
servir de contre-poids à l'impression provenant du

monde physique. L'homme se sentait dans une telle
dépendance de la nature, qu'il fut longtemps sans
avoir conscience de sa distinction d'avec l'Etre
universel ; sur le trône immense de la création, il
était comme une feuille ne possédant pas en elle-
même le principe du mouvement qui l'agite. C'était
pourtant une chose nécessaire que l'homme s'em-
parât de la liberté, de la personnalité, en se déta-
chant de cette immensité absorbante de la nature
extérieure. Plus tard, son individualité une fois con-
quise, et bien assurée, l'âme conserva dans ses
profondeurs ce sentiment de l'infini invisible, de
l'idéal qui doit la ravir un jour à la terre et la rendre
capable d'une existence supérieure. Entre le mysticisme panthéiste de l'Orient et le mysticisme chrétien, la Grèce était destinée à commencer le travail
de la conscience et de la liberté humaine, prenant
possession d'elles-mêmes ; c'est pour cela qu'elle fut
entourée dans son berceau de tout ce qui peut pré-
munir l'homme contre la domination du sentiment
de l'infini et du divin, tel qu'il émane de l'univers.

Par l'aspect de ses deux principaux attributs, la
nature fait pénétrer en nous l'impression dominatrice
de l'humanité ; par l'aspect de l'harmonie générale
de l'unité, par celui de la multiplicité indéfinie. En
face de l'Océan, de la verdoyante étendue des steppes, de l'aridité sans bornes du désert, de l'ef-
frayante hauteur d'une cime dont la neige touche
les nuages ; en face des espaces du firmament, devant

cette morne sérénité des voûtes azurées dont parle
le poète, l'infini dans la nature se révèle à nous. De
même aussi, la variété, l'abondance , l'innombrable
fourmillement des êtres particuliers de mille espèces,
de mille formes, de mille couleurs différentes, font
disparaître de notre esprit l'idée d'un terme, d'une fin,
d'une limite. La nature des contrées orientales, séjour
du panthéisme primitif , développait dans l'homme
une vague et absorbante notion de l'infini, et par
l'immensité des mers, des plaines, des fleuves, des
montagnes et par la luxuriance de la végétation , et
par l'incroyable multiplicité des espèces animales.

Le sol de la Grèce n'offraient pas au regard, d'aussi
vastes étendues; il n'était pas peuplé d'un nombre
aussi illimité d'animaux et de plantes. Il n'y avait ,
en outre, dans ce climat, aucune des créations de la
nature qui fût assez dominante sur les autres systèmes pour devenir l'unité centrale à laquelle se serait rattachée toute la géographie du pays , et pour
régner ainsi souverainement sur les imaginations.
Les Hellènes ne rencontrèrent pas dans leur presqu'île un fleuve digne d'être pour la Grèce le fleuve-
Dieu, comme le Gange ou le Nil ; pas une montagne
qui s'élevât sur les autres, comme l'Himalaya s'é-
lève sur les chaînes de l'Asie. L'Olympe n'était
pas le seul sommet assez culminant pour que les
Dieux Homériques y tinssent leur conseil ; le Par-
nasse et le Ménale, le Taygète même et l'Hymète
rivalisaient avec lui de divinité.

Sur cette terre des Grecs, si tout respira l'harmonie, rien n'est combiné de manière à ramener forcément l'esprit à l'idée de l'unité absolue. Le pays est divisé, au contraire, en une multitude de systèmes presqu'isolés, divers de productions, de configuration, de température ; depuis les gras pâturages où s'ébattaient les cavales thessaliennes jusqu'aux sèches collines où, sur quelques touffes de sauge et de lavande, les abeilles attiques allaient cueillir leur miel. Aussi la plus grande diversité de races, de dialectes, de gouvernements, de cultes, règne-t-elle sur ce territoire disposé pour une fédération d'individualités plutôt que pour une véritable association nationale. Le principe de la variété, du morcellement, des existences distinctes, domine dans l'organisation politique et religieuse de la Grèce, comme dans le système géographique du pays. La Grèce sera essentiellement en philosophie la contrée de la division, de l'analyse, de la dialectique, comme en religion, la contrée par excellence du polythéisme. Tous les Dieux y vivent assez indépendants les uns des autres, et portent aussi légèrement leur vassalité vis-à-vis de Jupiter, que les diverses républiques helléniques supportaient la préséance nominale de Sparte et de la race des Héraclides. Mais cependant jamais en Grèce la diversité et le nombre n'engendrèrent la confusion. Cette nature est variée, mais sobre ; nulle part, à force de richesse dans sa parure, à force de productions multipliées et touffues, elle n'effacera dans l'intelligence humaine l'idée d'un nombre commensurable, d'un contour déterminé.

Ainsi, le caractère de la nature en Grèce ramène l'intelligence à la notion d'une limite précise ; les variétés y peuvent être comptées, les espèces y peuvent être définies ; cependant l'ordre n'y provient pas d'une exclusive unité ; aucune existence assimilatrice ne s'y subordonne toutes les autres, et ne s'y pose comme le centre générateur de tout un système géographique, politique et religieux.

Parmi les grandes figures dont se revêt la vie dans l'univers, il en est une néanmoins qui se manifeste perpétuellement en tous lieux et sous un jour à peu près égal à toutes les peuplades, à toutes les contrées de la Grèce ; c'est une des formes sous lesquelles la nature nous assaille le plus fortement de l'idée d'infini ; on l'aperçoit en Grèce du haut de la plupart des collines, des temples, des acropoles. Cette chose de la nature qui politiquement, géographiquement appartient si bien à la Grèce, c'est la mer. Autant et plus peut-être que le cours gigantesque du Gange et la masse de l'Himalaya avaient inculqué la pensée d'unité génératrice dans le sentiment que l'Inde eut de la nature, autant, et plus l'aspect de l'Océan aurait dû, ce semble, imposer à une nation maritime l'idée de l'unité infinie, de l'absorbante immensité. Mais ces mers harmonieuses de la Grèce ne murmureront pas sur leurs rivages ce mot effrayant d'infini qui gronde avec les flots sur les côtes de Ceylan et sur les falaises de l'Armorique. L'Océan lui-même définit son immensité en s'approchant de la Grèce ; il s'emprisonne et se découpe en mille golfes à travers une multitude d'îles et de péninsules ; au lieu de se montrer comme l'élément sans contour, sans figures, sans bornes, il est au contraire ce qui forme pour la Grèce l'horizon et le contour ; dans le lointain il reste infini, mais les Grecs ne l'aperçoivent que là où il paraît prendre des limites.

Avec l'Indus, avec le Gange, avec le Nil, c'est le sentiment d'une immense unité génératrice qui passe à travers l'intelligence de l'Egypte et de l'Inde. L'idée de l'infini trône avec l'Himalaya dans la pensée du Brahme, comme sur le continent de l'Asie ; elle s'étend, vaste, impénétrable, touffue, avec les plaines couvertes de forêts, de marécages, d'herbes géantes, de tigres et de reptiles. L'idée de l'infini occupe ainsi le centre, le cœur même de l'Inde ; elle se retrouve encore à sa circonférence avec l'Océan ; cette idée sera le principe fondamental de la religion et de la poésie indienne, où le sentiment de la multiplicité des formes et des existences particulières se coordonne avec celui de la vie universelle. Mais c'est à l'extérieur de la pensée et du paysage grec que commence l'infini ; il ne pénètre pas l'imagination hellénique ; au lieu de la forcer à s'étendre, à se dilater dans tous les sens,

à s'écarter en divagations désordonnées, il la res-
serre et il la condense pour ainsi dire; il contribue
à mieux préciser ses limites, à mieux marquer à
l'homme les bornes de ce qui est humain. La religion, l'art, la poésie des Grecs se renfermeront
dans des sphères purement humaines ; le divin
n'apparaîtra que dans leurs contours extérieurs ; il
courra autour de leurs œuvres comme une ligne
radieuse ; mais il ne siégera pas au centre même de l'esprit hellénique et de ses conceptions.

Cette idée légitime de l'influence du sentiment de
la nature à travers laquelle nous voulons étudier
l'œuvre poétique de la Grèce, il importe de la déga-
ger, dès l'abord, de toute connivence avec le système matérialiste et fataliste qui fait dériver du
climat exclusivement tout ce qui constitue les
sociétés, religion, mœurs, littérature, institutions
politiques. Nous ne posons pas aussi la nature comme seule révélatrice, seule éducatrice de l'homme ;
nous ne l'admettons pas comme cause génératrice
vis-à-vis de notre entendement, mais seulement
comme cause occasionnelle indispensable à la formation de notre intelligence ; il est certain, pour
nous, qu'une chose préexiste dans l'homme au sentiment de la nature, à la révélation faite par le monde
extérieur ; cette chose, c'est l'âme elle-même avec
toutes ses facultés et notamment celle du langage
qui suppose une tradition. La révélation extérieure
tirée de la nature, a été ontologiquement précédée

par une révélation intérieure donnée de Dieu.
Tout homme venant en ce monde porte en lui un
rayon du soleil spirituel avant que ses yeux s'ouvrent
au soleil de la création. Pour comprendre le langage
de l'univers, il faut que l'âme ait entendu déjà la
parole immatérielle. Mais l'action de la nature extérieure, ainsi que l'histoire le témoigne, n'est pas
moins indispensable à l'éducation du genre humain.
C'est une chaleur venue du dehors qui fait éclore
les germes de toutes les idées dont se composera
l'intelligence d'une nation.

Le sol et le climat pour un peuple, comme le tem-
péramment pour un individu, ne sont pas des causes
irrésistibles, mais des causes déterminantes. On peut
dire qu'il y a une phrénologie de la nature, comme
il y a une phrénologie du cerveau. Dieu a distribué
la surface du globe en régions diverses, prédisposées
par lui à favoriser chez les races qui les habiteraient
l'éclosion de certains sentiments, de certaines formes particulières dans l'art, dans le culte, dans la
science, dans l'organisation sociale ; parce que
Dieu a voulu partout faire naître l'unité et l'harmonie de la vérité. L'entier développement de toutes
les facultés réparties à la race humaine, ne peut
avoir lieu qu'à travers bien des systèmes différents
de croyances, de travaux, d'institutions politiques.
La Providence a préparé à chacun de ces systèmes un
milieu matériel dans lequel il sera plus à l'aise et
qui doit le provoquer à naître ; car, si c'est l'idée

seule qui est créatrice de la forme extérieure, de la matière, à son tour, le milieu matériel réveille et stimule l'idée quoiqu'il ne l'engendre pas.

Nous ne dirons donc pas que le panthéisme est sorti de la terre même de l'Inde avec ses forêts et ses fleuves ; que le fétichisme est attaché au climat de l'Afrique, comme les autruches et les gazelles du désert ; que le polythéisme est le fruit indigène des vallées découpées de la Grèce ; que l'idée de l'unité du Dieu invisible s'est formée dans le vide et l'éblouissante stérilité de l'Arabie ; l'homme ne reçoit pas ainsi sa pensée du dehors ; l'idée immatérielle ne germe pas dans un sol matériel. Cependant il existe dans l'intelligence quelque chose qui ne dérive ni de la raison pure ni de la tradition; cette part de nos idées, même de nos idées religieuses, variable selon les individus et les races, elle entre dans l'esprit humain par l'action de la nature. L'aspect de la nature renferme une révélation qui a aussi quelque chose de divin. Pourquoi vouloir limiter la parole de Dieu , le Verbe infini, à un seul langage, à un seul mode de manifestation ? Est-ce que l'infini ne peut pas avoir mille voix, mille manières de parler à l'âme ? Attribuer à la nature une part dans l'éducation de l'homme, dans la formation de nos pensées, voir dans toutes ses harmonies une multitude de voix dont chacune nous instruit d'un des innombrables attributs de l'Etre infini, ce n'est qu'affirmer cette vérité. Dieu nous parle à travers nos sens, comme il nous parle au dedans de notre âme ; afin que l'homme ne puisse lui échapper, il l'a environné d'une double révélation.

L'esprit humain, cet éternel nomade au sein de l'infini, à chacune de ses haltes sur un sol et dans un climat nouveau, apporte au campement, sur ses chariots , ses anciens tabernacles et les images de ses anciens Dieux. Durant le temps qu'il passe dans la même contrée , les conditions du site, de la température, de la lumière, les matériaux que la nature lui fournit, l'obligent à modifier la forme de son habitation et de son vêtement , à modifier aussi la forme du temple et de la statue de son Dieu ; il taille l'effigie sacrée dans le bois ou dans le marbre, dans l'argile ou dans l'or, suivant ce que lui a donné la terre qu'il habite ; mais l'idée qu'il a voulu représenter préexistait à la matière dont il se sert pour la figurer, à l'édifice où il logera cet hôte divin.

Quoique cette étude n'ait qu'un objet restreint, le rôle que joue le sentiment de la nature dans la poésie grecque , ces considérations générales ne sont pas en dehors de la question. La liaison de la religion et de l'art est si intime à toutes les époques, surtout aux époques primitives, qu'il est impossible de ne pas dire un mot de la manière dont l'influence de la nature en Grèce a modifié le sentiment religieux en parlant des modifications qu'elle a exercées sur le sentiment poétique. Cette excursion dans le domaine de la mythologie est d'autant plus né–

cessaire ici, que dans l'antiquité grecque se sont les poètes et les artistes eux-mêmes qui passèrent pour avoir été les instruments de cette révolution dans le système religieux ; Homère est tenu pour le père des Dieux du polythéisme.

Ce n'est pas la Grèce qui a fait les Dieux du paganisme; la vérité est, au contraire, qu'elle les a détruits ; elle a métamorphosé de même et anéanti le sentiment primitif de la nature, la première forme qu'avait prise dans l'âme humaine la notion de l'infini et du divin.

Dans sa partie essentielle et fondamentale, le sentiment poétique de la nature, c'est le sentiment du divin dans la nature. D'où il suit que toute transformation dans l'idée religieuse correspond à une transformation dans le sentiment de la nature. Si nous vérifions ce principe par l'histoire, en ce qui concerne la Grèce, nous trouvons effectivement que le sentiment esthétique de la nature s'est métamorphosé chez les poètes d'une manière tout-à-fait conforme au changement qu'avait subi la religion.

L'histoire de la transformation que les idées religieuses de l'Orient ont reçu en Grèce est trop vaste pour que nous essayons ici d'en présenter même une esquisse abrégée, encore moins de la peindre dans tous ses détails ; il nous suffira de rappeler ce qui est su de tous au sujet de la formation du polythéisme hellénique.

CHAPITRE IV.

L'idée religieuse subit en Grèce la même transformation que le sentiment de la nature.

Les religions de l'Orient, surtout celles de l'Inde dont le génie est par excellence le type du génie oriental, cachaient toutes sous la multiplicité des cultes et des symboles partiels, l'idée dominante de la vie universelle, de l'unité de l'être, de cette communauté de substance qui lie tous les objets de la création, et de leur intime dépendance vis-à-vis du principe générateur. La croyance à l'identité de substance est le fond même de la religion des Brahmes. Dans l'âme de l'ascète indien, cette notion de l'unité règne si souverainement, que toute sa vie est absorbée et anéantie dans la contemplation du grand tout, et que la perte totale du sentiment de l'individualité lui paraît le degré le plus méritoire de l'état religieux. L'idée de la multiplicité des manifestations de la substance, le respect de toutes les formes particulières dans lesquelles s'incarne l'esprit universel, éclate aussi vivement dans la religion de l'Inde ; là tout ce qui existe est reconnu comme participant à la même vie, et toute apparence de vie est pieusement adorée. Dieu se montre à l'Orient dans la nature, à la fois, comme unité infinie et comme infinie multiplicité. Entre ces deux sentiments, celui de la grande unité de vie dans la nature et celui de l'innombrable fourmillement des formes particulières de l'existence, la conscience du moi humain se trouve écrasée. L'homme n'est plus qu'une imperceptible variété des manifestations de la vie universelle.

Le vice des religions de l'Inde, c'est d'avoir méconnu au sein de l'être, le principe de distinction d'où dérive la limite, la forme, le fini, et qui a pour effet suprême dans l'univers, l'existence d'un être libre, de l'âme humaine. Mais l'Inde sent puissamment Dieu et la nature, ou plutôt Dieu dans la nature. Aussi l'esprit du Brahme a t-il plongé dans l'infini par un spiritualisme aussi raffiné, par une métaphysique encore plus subtile que celle du moyen-âge. En même temps qu'elle poussait l'idée de l'infinité de Dieu au point d'absorber l'homme dans la vie panthéistique, à force de poursuivre de son culte chacune des formes particulières du grand être comme autant de Dieux, cette religion de l'Inde dépassait le polythéisme grec dans le morcellement de l'idée divine, elle avoisinait le fétichisme ; c'était l'union des deux grandes erreurs religieuses. L'Inde nous a montré dans la métaphysique l'idéalisme porté jusqu'au nihilisme absolu, en face du naturalisme le plus sensuel; dans la morale, un ascétisme, des macérations auprès desquels les plus rudes pénitences des moines chrétiens ne sont que des jeux d'enfants, et, à côté de cela, le culte orgiaque de la nature avec ses plus effrayantes infâmies.

Dans la civilisation hellénique, la notion de Dieu se fragmente ; le sentiment de la vie universelle est scindé comme la nature de la Grèce morcelée en îles, en presqu'îles, en étroites vallées , comme la race grecque divisée en tribus qui ne se mêlent point. Mais ce fractionnement de l'idée divine s'arrête à certain degré ; la divinité se partage proportionnellement au nombre des races et des facultés humaines et non plus comme dans l'Orient, proportionnellement aux myriades d'espèces animales et végétales. Evidemment, le point de départ de l'idée religieuse, le type de l'être est désormais déplacé aux yeux de la religion et de la philosophie ; il n'est plus dans la nature extérieure, mais dans l'homme lui-même. Le sentiment de l'infini a disparu , mais un sentiment nouveau s'est montré , particulièrement concordant à la nature de l'homme et au rôle qu'il joue dans la création; c'est le sentiment du fini, de la forme, de la causalité personnelle que n'étouffe plus celui de la force universelle, de la causalité infinie. L'homme est dans le monde une créature centrale et moyenne, placée au point d'intersection de deux natures, à égale distance de la pure matière et du pur esprit. Jusqu'à la Grèce, l'esprit humain avait flotté entre ces deux pôles opposés, dans la confusion du panthéisme dont l'erreur est précisément de supprimer dans la notion de l'être toute idée de cette région moyenne où se fait la distinction des substances et qu'occupe l'humanité.

Par la révolution religieuse qu'accomplit le génie grec, beaucoup de monstrueuses erreurs furent blessées à mort; mais furent atteintes aussi beaucoup de grandes et fécondes vérités. Si cette révolution empêcha l'âme de descendre jusqu'à l'adoration des êtres inférieurs, des minéraux et des plantes, et marqua la fin du fétichisme; si elle ennoblit en quelque sorte l'idolâtrie en l'appliquant à la nature humaine, elle ferma les plus larges issues par où l'homme s'élevait au-dessus de lui-même pour planer dans le divin. Elle amoindrit l'idée de l'Être suprême en lui ôtant son universalité; mais aussi elle lui restitua la liberté qui s'évanouissait dans l'existence fatale et confuse du Dieu-nature, tel que le concevait l'Asie. En cessant d'identifier Dieu avec la nature pour l'incarner dans la forme humaine, le génie grec concourut puissamment à la croyance du Dieu pur esprit. La mythologie Homérique reste pourtant moins grandiose, moins profonde, moins voisine de la vérité que la mythologie de l'Inde , telle qu'on la rencontre sagement épurée chez les sectes spiritualistes. C'est dans la base même qu'elle pèche par l'absence du sentiment de l'unité et de l'infinité; elle est moins concordante avec les grands principes de l'ontologie. On retrouve, quoique défigurées par le panthéisme, dans les religions de l'Asie, les notions primordiales de la métaphysique chrétienne. La Trimourti indienne se rapproche beaucoup plus que la Triade des Grecs de la véritable idée de la Trinité. Brahma , Vishnou et

Siva représentent les trois grandes faces de l'absolu, les trois énergies de l'Être, d'une manière plus ontologique que la pâle association de Zeus, de Poseidon et d'Adès.

Mais si le symbolisme de la mythologie grecque ne possède pas une aussi grande valeur métaphysique, si l'esprit grec ne s'éleva pas dans la spéculation à un spiritualisme aussi raffiné que l'esprit indien, si dans la morale il n'atteignit pas l'ascétisme, d'un autre côté il est certain que, malgré les reproches mérités que l'on a fait aux mœurs de ses Dieux, la Grèce, dans les plus grossières erreurs de son idolâtrie, a déjà corrigé le matérialisme hideux de plusieurs cultes de l'Orient. La plupart des divinités helléniques ont bien une origine orientale; il en est de même des initiations et des mystères; cependant les divers cultes et les diverses fêtes furent transformés et prirent, en Europe, un caractère moins grossièrement sensuel. Les idolâtries monstrueusement obscènes de l'Inde, de la Phénicie, de l'Egypte, furent bannies des temples et des cérémonies publiques de la Grèce, et, au sein même des initiations mystérieuses où le secret voilait leur infàmie, le sentiment exquis de la forme et du beau qui régnait chez les Grecs, en restreignit le dévergondage. L'élément orgiaque ne subsistait dans le culte de certaines divinités que comme une preuve de leur origine et une tradition de l'Orient, mais non pas comme un caractère propre au génie grec dont le travail fût précisément d'expulser de la religion ce grossier naturalisme.

L'épuration du culte chez les Grecs ne provint pas seulement d'une civilisation plus avancée, d'un plus grand raffinement de mœurs, de cet atticisme particulier à leur imagination ; elle dériva d'un changement radical dans le fond même du système religieux. C'était l'idée de la vie, le principe générateur, les forces créatrices que l'Orient avait surtout adoré dans la nature ; la Grèce y adora particulièrement l'idée de la forme, le principe d'ordre et de distinction. Dès qu'il ne s'appliquait pas au Dieu pur esprit, et qu'il cherchait son type dans la nature, le culte de la vie, de la puissance créatrice, devait conduire à cet énivrement de matérialisme qui se traduisit par les plus infâmes adorations. Le génie grec, au contraire, sans même avoir passé par l'éducation du vrai spiritualisme, évita ces excès, parce que sa religion s'adressa dans la nature aux formes plutôt qu'aux forces, au principe d'ordre plutôt qu'au principe de production, à l'intelligence plutôt qu'à la puissance. Telle fut du moins la religion Homérique qui dominait dans la vie publique et politique des Grecs. L'adoration des forces, de la nature génératrice, subsista seulement dans quelques initiations, dans certains cultes particuliers et surtout dans les régions les plus septentrionales de la Grèce où les migrations asiatiques étaient plus récentes.

L'objet de la religion ne peut être tellement défiguré par l'esprit humain, que dans les systèmes les plus éloignés du christianisme quelque chose ne reste encore qui réponde à la véritable notion de Dieu. La distinction des trois énergies essentielles de l'Être, telle qu'elle est posée dans le dogme chrétien de la Trinité, éclaire l'histoire de toutes les religions. Ainsi, de même qu'au sein du Christianisme, le Mosaïsme, qui en est une phase, représente plus particulièrement le culte de la puissance, l'adoration du Père, de même, dans l'histoire des religions payennes l'Orient représente relativement à la Grèce le sentiment et le culte de la divinité en tant que puissance et force génératrice. De quelque nom que l'Asie ait appelé Dieu, c'est toujours le Jéhovah de la Bible qu'elle adorait. C'est dans l'Occident, et surtout en Grèce, que devait prédominer le culte du second attribut de la substance divine, l'intelligence ordonnatrice. De l'avènement de la Grèce à la vie historique date la première apparition de l'idée du Verbe. Le génie grec, au sein du paganisme, a eu comme une révélation confuse de la seconde des personnes divines. Abandonnant l'idée du Dieu-nature, la religion passa, chez les Grecs, à l'idée du Dieu-homme, comme elle avait passé du sentiment de la force et de la vie dans le monde extérieur à celui de la sagesse et de l'ordre.

Prétendre que cette révolution dans l'idée religieuse n'eut d'autres causes que l'influence du climat, la configuration et la nature du sol, ce serait nier la spontanéité et l'indépendance de la vie de l'esprit et l'asservir à la fatalité physique. Les formes politiques et religieuses sont loin d'être un fruit né-

cessaire du climat et du sol ; mais en face de l'histoire , il nous semble impossible de nier qu'il y ait
une harmonie préétablie par la Providence entre
la nature de certains pays et le développement de
certaines idées, comme il y en a une entre l'état
moral et intellectuel de chaque homme et sa constitution physique. C'est donc en grande partie sous l'action
de la contrée habitée par elles, que les races grecques modifièrent si profondément les idées religieuses qu'elles avaient apportées de l'Egypte et de
l'Asie.

Dans l'histoire esthétique et religieuse de la Grèce,
un fait dont il faut tenir autant de compte que de la
constitution géographique, c'est la division de la race
en tribus d'origines diverses et qui toutes retinrent
quelque chose de leur caractère primitif sous cette
influence même du sol qu'elles avaient choisi en rapport avec leurs aptitudes physiques et morales. L'eth-
nographie de la Grèce est l'étude la plus indispensable à l'histoire du polythéisme hellénique. Chaque
race garda ses divinités particulières et une partie
de ses traditions orientales ; la langue, ce miroir de
l'état intellectuel d'un peuple, resta divisée en dialectes, de telle sorte qu'au témoignage de Thucydide, des
peuplades limitrophes ne comprenaient pas récipro-
quement leur idiôme.

Mais, en aucune branche du développement humain, la loi de la variété ne pouvait régner sur la
Grèce au point d'y produire la confusion. Le poly-

théisme grec s'était tenu à une égale distance de l'idée de l'unité divine absolue et du fétichisme. Les races grecques ne furent jamais fondues en un seul corps de nation; mais chez elle la diversité resta dans les limites où elle engendre l'harmonie. L'antagonisme y subsista car il est nécessaire au mouvement et, au progrès; il fut même très apparent entre les deux races principales qui avaient absorbé toute les autres. Comme une preuve de plus que tout dans le monde grec se modela sur le type de l'humanité plutôt que sur celui de la nature, il se trouve que la division radicale de la race grecque, celle qui se manifesta dans toutes les luttes intérieures, fut une simple dualité parfaitement analogue dans son principe à cette loi des sexes qui préside à la division cosmogonique de l'essence humaine.

Deux races distinctes subsistèrent en Grèce et ne furent effacées de l'histoire qu'avec le pays lui-même, la race Dorienne et la race Ionienne. Une fois que la Grèce a fini de se séparer de l'Orient, évolution dont le moment extrême est marqué par les victoires sur les Perses à Salamine et à Platée, tout l'intérêt de son histoire est concentré dans cette lutte de l'élément Dorien et de l'élément Ionien, antagonisme qui se reproduit dans la religion et dans l'art comme dans la politique et qui a trouvé dans Thucydide son immortel historien. C'est une phase de l'éternel combat de l'Orient avec l'Occident, du principe fatal avec le principe volontaire, de la tradition avec le progrès,

4.

de l'aristocratie avec la démocratie. Sparte et la race continentale, agricole et militaire des Doriens, Athènes et la race maritime, commerciale et artiste des Ioniens personnifient une des plus belles époques de cette lutte qui devait se continuer plus tard au sein d'un même état, d'une même ville, dans les longues discordes des plébéiens romains avec le patriciat. Ces deux races, les Ioniens et les Doriens, représentent le double élément, le double sexe de l'espèce et de l'âme humaines. Doué d'une sympathie plus générale et plus ardente, d'une sensibilité plus exquise, plus volontaire, plus mobile, l'Ionien représente l'élément féminin, avec ce tact et cet amour particulier de l'avenir, de l'inconnu, qui, depuis la première révolution cosmogonique symbolisée dans Eve, a montré le principe volontaire comme l'instrument actif de toutes les grandes tranformations, comme la cause du mouvement et du progrès. En Grèce, cet élément remuant et progressif, ce fut la race Ionienne; à Rome et dans l'Europe moderne, ce sera la classe populaire; mais partout ce principe conservera les mêmes allures, le même caractère. La préséance nominale dans le monde hellénique, et même, à presque toutes les époques, la prédominance militaire et matérielle appartinrent à la race Dorienne; mais c'est par l'élément Ionien que la Grèce a survécu dans la civilisation. L'art, la philosophie, la démocratie, ces trois créations de la Grèce, sont surtout d'origine Ionique. La Grèce, vis-à-vis de l'Orient, ne représente-t-elle pas d'ailleurs ce que dans son propre sein représentait la race Ionienne? L'histoire d'Athénes, la ville sainte des Ioniens, c'est toute l'histoire intellectuelle de la Grèce. L'ordre d'idées Ionien prédomine dans l'art et dans la littérature grecque. La plupart des historiens, des philosophes, des poètes grecs ont écrit dans le dialecte Ionien et dans sa forme attique. Ainsi c'est surtout chez des écrivains et des artistes Ioniens que l'on est forcé d'étudier le sentiment poétique de la Grèce. L'Attique a donné au monde le plus grand nombre de ces hommes merveilleux; c'est donc la nature de l'Attique, cet illustre laboratoire de l'esprit grec, qui a dû le plus fortement influer sur l'imagination des artistes et des poètes. Le côté du sentiment poétique que nous nous proposons d'étudier, le sentiment du monde extérieur, a trouvé ses principales conditions de développement dans le climat et le paysage athéniens. La grâce et la pureté des lignes, la sérénité, l'éclat de la lumière, divin apanage de la terre de Minerve, nous les admirons aussi dans l'œuvre de Sophocle, d'Euripide et de Phidias, même dans l'austère Eschyle et dans Platon qui chante comme un poète et peint comme un artiste sans cesser d'être le plus sage des philosophes.

CHAPITRE V.

La langue s'y modifie dans le même sens et sous la même influence.

Les prédispositions originelles de la race se combinent avec l'influence du climat pour agir sur le sentiment religieux et sur l'intelligence esthétique. Partout où il y a révolution dans l'idée religieuse, il y a révolution analogue dans la poésie, spécialement en ce qui touche au sentiment de la nature. La religion elle-même, comme les arts et avec les arts, subit donc l'empreinte du caractère qu'un peuple tire à la fois du sang qu'il a reçu et du paysage qu'il habite. A ce point de vue, et quoique la vérité religieuse soit de tradition et non de création humaine, on peut dire que le culte d'une race est un des monuments de son génie. L'œuvre d'un peuple dans la religion est toujours pareille à son œuvre esthétique, et par l'une on peut juger de l'autre; c'est pour cela qu'une simple question littéraire nous amène forcément à des considérations métaphysiques.

Après la religion, celui de tous les monuments du génie d'une nation où se peint de la façon la plus spontanée et la plus complète le sentiment particulier à cette nation sur les choses du monde sensible et intellectuel, c'est la langue. Antérieur à la littérature à laquelle il fournit tous ses matériaux, le langage est de même antérieur à tous les arts. La langue est la première œuvre d'art d'une race ; dans sa physionomie extérieure autant que par ses caractères intimes, elle retrace aussi fidèlement les impressions que le peuple reçoit du paysage et de la nature, qu'elle rend compte de l'état de son intelligence, par rapport aux questions métaphysiques. Une langue, selon qu'elle est plus philosophique ou plus pittoresque, ou plus politique, nous enseigne de prime abord quel élément, ou la vie sociale, ou la spéculation religieuse, ou le sens de la nature extérieure, a dominé dans l'esprit du peuple qui la parle.

Pour assigner à la langue grecque son caractère particulier, il faudrait la juger, à la fois, dans ses rapports avec les langues de l'Orient et avec les langues modernes. C'est à la littérature Indienne, comme à la plus caractéristique du sentiment oriental, que nous devrons comparer la littérature grecque pour déterminer sa place dans l'histoire des littératures et fixer le moment qu'elle occupe dans la progression de l'esprit humain entre l'antique Asie et l'Europe moderne. Ainsi pour la langue grecque, c'est relativement à la langue sanscrite qu'il serait nécessaire de l'étudier, si l'on voulait traiter à fond de sa nature philosophique. Le terme extrême de la comparaison serait la langue française que son universalité nous autorise à regarder comme la langue qui représente le mieux l'esprit de l'Occident et des temps modernes, de même que le sanscrit est l'expression du sentiment de l'Orient et des temps primitifs.

Comme on le pense, nous n'avons pas la prétention de faire ici une étude spéciale de linguistique ; nous n'énoncerons que quelques propositions générales, conçues pour la plupart à priori, surtout en ce qui concerne les langues de l'Orient; mais nous sommes certains que l'érudition la plus profonde ne saurait faire autre chose que les confirmer.

Une langue doit être appréciée, à la fois, dans ses propriétés sensibles et dans ses propriétés métaphysiques. En estimant d'abord dans la langue grecque ce qui s'adresse à l'oreille, on est autorisé à croire, malgré les incertitudes qui restent encore sur sa vraie prononciation, qu'elle fût la plus mélodieuse et la plus musicale de l'Occident. Sous ce rapport néanmoins, comme sous presque tous les autres, elle fut moins riche que la langue sanscrite à laquelle du reste elle avait emprunté ses éléments phonétiques, mais sans faire passer dans sa sonorité toutes les richesses de l'Indien. La différence de l'alphabet grec à l'alphabet sanscrit peut donner le rapport dans lequel l'élément musical de la langue s'est appauvri dans le trajet de l'Inde à la Grèce. L'alphabet Indien se compose de cinquante lettres classées d'après les diverses nuances de la voix hu-

maine et joignant une exacte symétrie à la variété
des modulations. L'alphabet grec comprend seulement vingt-quatre lettres ; en y ajoutant les diverses
nuances de son que représentent les diphtongues et
l'aspiration indiquée par l'esprit rude, on est loin
encore de la variété du sanscrit. Il est impor-
'tant de remarquer que c'est seulement sous le rapport des articulations ou des consonnes que les
Grecs sont inférieurs aux Indiens, tandis que leur
vocalité est plus variée ; les modulations sont chez
eux plus nombreuses à cause des combinaisons que
forment les diphtongues. Le vide qui se fait sentir
dans l'alphabet vocal des Grecs, comparé à l'alphabet sanscrit, provient surtout du petit nombre des
liquides et de la faiblesse des aspirations simples
trop vaguement indiquées en grec par les deux
esprits. Il en résulte que les voyelles initiales
dominent dans le grec plus qu'en toute autre
langue.

En résumé, voici ls sens dans lequel la sonorité
du langage, ses propriétés physiques se sont modifiées de l'Inde à la Grèce. Chez les Grecs, la richesse des articulations, le nombre des consonnes
a diminué par suite de la réduction de l'aspiration ;
dans l'indien, chaque consonne ou double consonne
est susceptible d'être aspirée. Il n'y a en grec que
deux consonnes emportant une franche aspiration,
(le ⊙ et le x). Plus varié dans la prononciation des
consonnes, le sanscrit a donc une sonorité harmo-

nique plus brillante que le grec ; mais celui-ci, par la prédominance des voyelles, est d'une prononciation plus mélodieuse. La sonorité particulière à la langue grecque est donc moins imitative des bruits de la nature que les langues de l'Inde dont les aspirations reproduisent davantage la musique des choses exté-rieures ; mais, par l'abondance des sons voyelles, le grec tient plus de la mélodie , il exige moins d'ef-forts de l'organe vocal , il a quelque chose de plus approprié à l'homme. C'est, en grande partie, à cause de la sonorité particulière à leur idiome, qui em-ploie toutes les ressources de la voix sans en forcer aucune, que les Grecs ont pu , comme disaient d'eux les Latins , parler *ore rotundo*.

La langue grecque que nous trouvons si richement imitative en tout ce qui tient à la couleur, au contour des choses, à toutes leurs qualités visibles, est moins apte à représenter les bruits de la nature que le sanscrit ; elle est l'expression d'un sentiment du monde extérieur dans lequel entre moins le sentiment de la vie elle-même que celui de la forme. En outre , comme la mélodie domine chez elle l'harmonie , elle est plus humaine qu'elle n'est naturaliste.

Quoique le sanscrit soit d'une beaucoup plus haute antiquité que le grec et qu'il se rapporte à l'époque primitive, sa valeur philosophique est infi-niment supérieure ; il pénètre plus profondément dans la signification métaphysique des objets ; il ré-

sume, d'ailleurs, dans la richesse de ses combinaisons, tous les idiomes de l'Europe. Le grec possède
autant de souplesse dialectique que le sanscrit, mais
il ne dérive pas aussi directement du sentiment des
grandes lois de l'Etre. La propriété principale de la
langue grecque, c'est non pas de définir l'essence
intérieure des objets, d'exprimer la loi de leur vie,
mais de décrire, de peindre leur forme extérieure,
leurs qualités plastiques.

Grâce à sa faculté de composer des mots nouveaux
par la combinaison des syllabes radicales, faculté
dont ni le latin ni les autres langues gréco-romanes
n'ont hérité, le grec abonde en adjectifs pittoresques
désignant, à la fois, plusieurs qualités d'une même
chose. De là, ces magnifiques épithètes Homériques,
qui d'un seul trait représentent toute l'armure d'un
héros, sa physionomie, sa démarche, l'aspect d'une
ville, d'un fleuve, d'un paysage tout entier. Aucune
langue n'excelle comme la langue grecque à faire
ressortir dans un homme ou dans tout autre être, les
propriétés qui peuvent être reproduites par les arts
plastiques. Ne nous étonnons pas qu'Homère ait depuis
trois mille ans inspiré les peintres et les sculpteurs ;
il a fait d'avance la moitié de leur travail ; après lui
il n'y a plus à inventer, mais à copier. Nous avons
tous vu reluire le casque d'Hector et ondoyer son
aigrette de crins ; nous avons tous vu glisser sur la
plaine liquide les pieds d'argent de Thétis et s'agi-
ter la sombre chevelure de Neptune. Les belles

proportions de l'art grec régnaient déjà dans la langue de ce peuple artiste. Le puissant secours que la poésie porta chez lui à cet autre langage dont se servent les sculpteurs et les peintres, prouve que c'est la forme sensible des objets, plutôt que leur énergie vitale ou leur signification métaphysique, que la langue parlée des Grecs excelle à reproduire.

Nous avons dit que par son genre de sonorité, également distant des langues sans accent, comme le français, et des langues à musique compliquée comme le sanscrit, le grec occupe cette région moyenne de la vocalité où les sons remplissent l'organe sans le tourmenter. Le grec profite de toutes les ressources de l'articulation, mais sans exiger d'efforts; il est par cela même excellemment humain. Pour résumer, en ramenant cette appréciation à la formule que nous avons donnée du sentiment esthétique de la nature, nous dirons que la langue grecque dérive d'un sentiment de la nature plus impressionné par la forme que par la vie ou par l'idée, et d'un esprit qui, en face du monde extérieur, perçoit surtout les rapports de ce monde avec l'humanité, et prend l'homme pour unité de mesure dans toutes ses appréciations du visible et de l'invisible.

DEUXIÈME PARTIE.

CHAPITRE I.

HOMÈRE.

Curieux de rechercher quels caractères revêtit chez les Grecs le sentiment esthétique du monde extérieur, nous avons dû faire précéder l'examen des œuvres même de l'art, d'un rapide coup-d'œil jeté sur le territoire, la religion et la langue de la Grèce.

Dans le paysage et dans le climat se trouvent les causes déterminantes du sentiment de la nature ; le culte et la langue en subissent l'influence à un degré qui mesure aussi l'âge d'une race et d'une civilisation. Enfin, c'est dans la littérature et dans les arts que s'expriment de la façon la plus directe et la plus saisissante, ces émotions et ces enseignements que suscite en notre âme le spectacle de l'univers.

Pour étudier cette branche du sentiment poétique
de la Grèce, allons droit à la plus grande œuvre de la
Muse grecque ; interrogeons, dans sa personnification
la plus éclatante, ce génie qui a plané jusqu'au dernier jour sur tous les poètes et tous les artistes de
l'Antiquité.

Il y a ainsi dans la mémoire du genre humain
quelques noms d'hommes tellement illustres, qu'ils
semblent résumer en eux l'action de tout un peuple,
la gloire d'un âge tout entier. Entre ces noms, celui
d'Homère semble privilégié, pour rappeler d'une
manière plus complète le rôle accompli dans le
monde esthétique par la race d'où sortirent ces merveilleux poèmes, auxquels trois mille ans n'ont rien
ôté de leur jeunesse et de leur fraîcheur.

La Grèce a créé tout ce qui est d'origine humaine
dans l'œuvre de l'homme, tout ce qui dérive d'une
autre source que d'une mystérieuse révélation faite
par la nature ou par la parole divine. Avec Socrate
elle a créé la philosophie, en la fondant à la fois sur
la liberté et sur l'autorité de la raison ; avec Phidias
elle a créé l'art ; avec Hippocrate elle a créé non-seulement la médecine, mais toute la science naturelle.
Aucun de ces noms pourtant ne personnifie la Grèce
comme celui d'Homère. Cet amour de la beauté,
cette fierté, cette indépendance de la jeunesse de
l'esprit humain, libre des entraves sacerdotales de
l'Orient, n'éclate nulle part avec autant de vérité et
de splendeur que dans la poésie grecque ; et l'épo-

que la plus caractéristique de cette poésie, c'est l'é-
poque d'Homère Tout le reste de la poésie grecque
découle de l'œuvre Homérique, et non-seulement la
la poésie et l'art, mais la politique , mais la religion
elle-même.

Toutes les questions que l'on peut se poser relativement à la Grèce, ramènent donc à Homère; c'est
Homère, lui seul , qui peut expliquer la métamor-
phose qu'a subi le sentiment poétique de la nature
d'Orient en Europe ; car son œuvre représente le
moment où l'esprit poétique de l'Occident s'est em-
paré de son caractère particulier. En ce qui concerne
la façon de sentir la nature comme en ce qui concerne la religion, deux ordres d'idées simultanés ,
la réaction faite contre l'Orient par la Grèce a sa
date précise dans l'époque Homérique ; les autres
poètes grecs ont trouvé la révolution accomplie.
Jusqu'à la période Alexandrine, aucune nuance im-
portante ne vint modifier dans la littérature grecque
le sentiment de la nature tel qu'il nous apparaît dans
l'Iliade et l'Odyssée, et dans les hymnes recueillis
sous le nom d'Homère.

Analyser les impressions puisées dans la nature
par un artiste, c'est se poser, entr'autres questions
à son sujet, celle du lieu de naissance, des voyages,
des sites préférés, et de mille autres circonstances de
la vie de ces êtres divins qui traversent le monde
comme des miroirs où tout se reflète, comme des
échos où toutes les musiques de la création reten-

tissent. Nous trouvons ici, dès l'abord, à propos d'Homère, un grave problème qui n'a pas encore reçu de solution irréfragable. Homère a-t-il existé ? Cette question, qui eut semblé impie à nos écrivains des deux derniers siècles, à ceux de Rome et de la Grèce elle-même, en est arrivé aujourd'hui à ce point, depuis les travaux de Wolf et ceux plus récents de notre savant compatriote Dugas-Montbel, que les esprits les plus prévenus contre le système des mythes historiques, sont au moins fortement ébranlés dans leur croyance à un auteur unique pour les chants attribués à Homère. Les poètes eux-mêmes, ces fils plus respectueux de la tradition et qui ont besoin d'attacher leur culte et leur sympathies à des figures individuelles et vivantes, les poètes n'osent plus s'attendrir sur le mélodieux aveugle qui *mendiait au prix de son génie un pain mouillé de pleurs.*

Les travaux de Nieburh et de Vico sur les premiers siècles de l'histoire romaine, ceux de Ballanche sur les temps primitifs de la Grèce et de l'Italie, nous ont accoutumé à être sévères pour ces noms propres qui concentrent sur une seule individualité la responsabilité ou la gloire de l'œuvre poétique ou sociale de toute une génération. D'autres études critiques sur une époque littéraire et sur un peuple plus voisins de nous, sont venus apporter de nouveaux arguments contre un Homère en faveur des Homérides. Depuis que nous connaissons mieux le Romancero espagnol, nous avons compris comment, autour d'un évènement qui frappait l'imagination d'un peuple, pendant et après une lutte caractéristique de la mission de ce peuple, il pouvait naître toute une famille de chanteurs, produisant chacun à part leur œuvre sur un sujet et dans un ordre d'idées communs, une foule de rapsodies, en un mot, desquelles on conçoit parfaitement qu'un travail postérieur put faire une seule grande épopée. La multitude des romances sur le Cid, qui appartiennent, sans contestation, à des époques aussi bien qu'à des auteurs différents, forme, comme l'a dit Lope de Vega, une Iliade qui n'a pas eu d'Homère. Rien n'eut été plus facile cependant, que de ramener à l'unité ces fragments épars d'une épopée castillane. Comme le recueil des romances embrasse la vie entière du héros, le Pisistrate espagnol qui aurait fait réduire en un seul corps les chansons sur don Rodrigue de Bivar, pour inaugurer la grande figure d'un Homère de Burgos ou de Tolède, nous aurait légué une œuvre plus complète en soi, un roman mieux composé, un récit ayant moins le cachet fragmentaire que l'Iliade et l'Odyssée.

D'autre part, si la question devait se préjuger de ce que nous savons du mode de composition de quelques autres grandes épopées primitives, le Mahabharata et le Ramayana, du fond de l'Inde et de la plus haute antiquité, plaideraient en faveur de l'existence d'un seul Homère. On ne peut douter, dans l'état actuel des études indiennes, que chacune de ces immenses compositions ne soit l'œuvre personnelle d'un poète. Valmiki, l'auteur du Ramayana, se met en scène lui-même au début de son poème ; il nous apprend comment il s'est préparé, par une longue purification, à recevoir le souffle divin, et nous montre par avance tout le plan de son œuvre se déroulant dans sa pensée. Ainsi, malgré l'immense variété des idées et des connaissances qu'attestent ces compositions, malgré la multiplicité des épisodes, chacune des grandes épopées indiennes, quoique d'une époque antérieure à celle d'Homère, fut une œuvre individuelle. Pourquoi donc les poèmes grecs, dont le sujet est plus borné, dont la scène est mieux encadrée, ou chaque figure a tant d'unité et qui ne soulèvent pas une pareille masse d'idées, ne seraient-ils pas le fruit d'une seule imagination ?

La Grèce, qui a vu éclore et qui a consacré l'action de la raison individuelle, qui la première a possédé des artistes, des poètes, des philosophes chantant, sculptant et pensant en leur propre nom, et non plus comme représentants de la tradition et du sacerdoce, la Grèce aurait dû, ce semble, plus que tout autre pays, produire son épopée nationale à travers le génie d'un seul homme. L'Antiquité grecque, au premier abord, semble se lever toute entière pour défendre la personnalité de son poète ; mais par cela même, peut-être, que l'individualité a pris naissance chez elle, la Grèce a pu mettre au monde, à la même époque, un grand nombre de rapsodes héroïques doués d'un égal génie et tous dignes de fournir quelque chose à ce grand monument connu depuis sous le nom d'Homère.

Si nous avons touché ici à cette question de l'existence d'Homère, c'est qu'il nous importe de connaître physiquement la patrie, le sol natal de l'intelligence qui a créé l'Iliade et l'Odyssée, les sites, les phénomènes naturels qui ont entouré le berceau du poète et qui ont le plus agi par l'habitude sur son imagination. Dans le cas où nous devrions admettre plusieurs Homères, leur poésie, si homogène quant à son esprit et à sa forme, se trouvant le produit d'une multitude de génies divers d'époque et de lieu de naissance, représenterait encore plus complètement le génie de la Grèce, que si elle était l'œuvre d'un seul homme. Nous dirions alors avec Vico : « Si les peuples de la Grèce ont tant discuté sur la patrie d'Homère, si presque tous le voulurent pour leur concitoyen, c'est que les peuples Grecs furent eux-mêmes cet Homère. »

Entre toutes les choses de la nature, celle qui dut frapper le plus fréquemment l'esprit de l'Homère grec, celle qui revient le plus souvent dans ses comparaisons et ses tableaux, c'est la même chose qui se retrouve à chaque instant sous les yeux et dans l'histoire des races grecques, surtout de la race Ionienne à laquelle appartinrent les Homérides, c'est la mer. On voit tout de suite que l'épopée ne sort pas d'une imagination assise au milieu d'un continent, mais d'un esprit péninsulaire et maritime. La patrie de l'Homère grec est partout d'où l'on aperçoit cette mer semée d'îles qu'ont traversée les vaisseaux des Atrides, ces écueils contre lesquels les espérances d'Ulysse sont venues si souvent se briser. La race Ionienne se trouvait partout en contact avec la mer; sa poésie atteste les instincts du navigateur. Dans la théologie Homérique, l'Océan est toujours appelé le père des Dieux, « l'Océan, père des Dieux et notre mère Thétis. »

Toutes les villes de la Grèce se disputaient la naissance d'Homère ; entre les sept à qui l'opinion commune attribue les plus grands titres à cet honneur, Smyrne, Athènes, Argos, Rhodes, Chio, Colophon et Salamine, la moins proche de la mer c'est Argos, qui n'en est éloignée que de quelques stades. Chacun des sept cantons où est placé le berceau du poète est donc un canton maritime.

La vie d'Homère, attribuée à Hérodote, nous conduit souvent sur les flots avec le divin aveugle; il a visité sur le vaisseau de Menthès la Tyrrhénie et l'Ibérie, voyages très lointains pour cette époque ; il a fait de fréquentes traversées dans l'Archipel, il a séjourné à Ithaque ; il a vu beaucoup de peuples, beaucoup de villes, et surtout beaucoup de rivages ; il a contemplé le sillage des rouges carènes aussi souvent que l'ornière des chars d'airain. Sous ce rapport, une différence notable existe entre l'Iliade et l'Odyssée ; elle suffirait pour faire croire à des auteurs divers pour ces deux poèmes. L'Odyssée passe pour une œuvre de la vieillesse d'Homère ; elle porte en effet l'empreinte d'une civilisation un peu plus avancée, d'une époque où le commerce et les voyages pacifiques tiennent plus de place que dans l'époque tout à fait héroïque des combats de l'Iliade. La guerre remplit exclusivement la première partie du cycle Homérique. Dans l'Odyssée, on voit déjà des marchands Phéniciens parcourant la mer Égée pour y porter des objets de goût et des parures (Odys. liv. O, vers., 415. — liv. C. v. 457-62). Les rois eux-mêmes voyagent pour échanger de l'airain contre du fer (id. liv. Z, v. 334). Les emplois d'un chef de vaisseau marchand, d'une espèce de subrécargue, y sont clairement désignés. L'Odyssée est évidemment l'épopée d'un peuple navigateur. L'Iliade elle-même se passe en vue des vaisseaux grecs. A juger de la patrie d'Homère par les objets naturels qui ont le plus occupé son imagination, nous trouvons que son berceau est placé au sein de la nature dans les mêmes circonstances que la demeure de toute la race Hellénique. Le sentiment de la nature, tel qu'il nous apparaît dans la poésie d'Homère, est donc celui-là même qui fut généralement éprouvé par les Grecs en face du monde extérieur. En ce qu'il peint des mœurs et de l'état social, Homère est l'historien de

l'époque héroïque du peuple grec ; en ce qu'il dit
de l'univers, il reste le peintre éternel de la nature
en Grèce et du sentiment qu'elle suscita chez cette
race à la fois artiste et guerrière.

Dans toutes les contrées, le sentiment poétique
de la nature emprunte une partie de son caractère
aux idées religieuses; ces croyances, à leur tour,
étaient, avant l'avènement, du pur spiritualisme,
profondément modifiées par les impressions venues
de la nature; souvent même elles en dérivaient tout
à fait. Dans la plupart des religions antiques, les
Dieux sont nés du sentiment de la nature. La Grèce
marque l'époque où l'univers extérieur cessa d'être
exclusivement adoré; cependant, chez elle, le sentiment de la nature subsiste encore, vis-à-vis des
idées religieuses, à l'état de principe générateur, et
non plus seulement de conséquences secondaires
comme dans les religions spiritualistes. En recher-
chant quel est le sentiment de la nature dans la
poésie Homérique, la première chose que nous avons
à étudier ce sont les Dieux.

CHAPITRE II.

**Comment la poésie Homérique a senti l'idée et
la vie dans la nature, ou : des dieux
d'Homère.**

L'Orient est la patrie des Dieux. Toutes les religions et l'idée religieuse elle-même eurent l'Asie pour
berceau; avec les premiers hommes et les premières
sociétés, cette terre vit éclore les premières notions
de Dieu. L'homme y est resté écrasé sous le sentiment de l'infini; aux prises avec la pensée de la vie
universelle, sa raison, sa personnalité y ont toujours
été asservies à l'influence dominatrice de la nature
extérieure. En mettant à part le peuple chez qui se
conservait la tradition du Dieu pur esprit et d'où
devait sortir le Christianisme, toutes les religions
de l'Asie, sous une forme ou sous une autre, sont
vouées à l'adoration du Dieu—monde. On a eu tort
de prétendre que c'était l'idée de l'unité de Dieu
qui manquait à l'Antiquité payenne, en y compre-
nant surtout le paganisme oriental, puisque l'idée
de l'unité de la substance, de l'identité absolue, fait
le fond de la religion de l'Inde. Ce qui manquait à
l'Asie, c'était plutôt l'idée de distinction, de liberté,
que celle d'unité. Derrière cette multitude de per—
sonnifications des forces et des phénomènes physi—

ques qui constitue les mythologies orientales , on aperçoit toujours l'idée de la nature universelle.

Le caractère commun à toutes les religions antérieures à celles de la Grèce, c'est d'être des religions de la nature , des religions physiques. Les divinités de l'Orient présentent le symbole des divers agents de la création.

Trois systèmes différents de personnifications ont engendré les religions payennes; elles reposent sur un triple symbolisme physique, psychologique, historique. Ce n'est qu'à la décadence du paganisme qu'apparût ce dernier système; on ne fit ouvertement l'apothéose des hommes qu'au moment où l'on ne croyait plus aux Dieux. Mais dans aucune religion primitive, les Dieux ne furent des personnages humains divinisés; l'évéhmérisme est inadmissible pour expliquer le commencement d'un seul des grands cultes de l'Antiquité.

Les personnifications psychologiques sont aussi très rares dans les religions orientales. Pour que l'homme pût diviniser ses propres facultés et ses propres penchants , il lui fallait posséder cette conscience de lui-même , cette liberté d'esprit qui ne fut acquise nulle part avant les Grecs. Ce n'est donc ni dans l'histoire, ni dans la psychologie, mais dans l'ontologie, dans une science de l'être faite d'après l'être visible, d'après la nature, que se trouve le principe des religions de l'Orient. Le polythéisme asiatique et primitif dérive des diverses subdivisions de la notion de l'être, telle qu'elle résultait du sentiment de la nature physique en général, et secondairement de celui des mille aspects, des mille forces à travers lesquelles cette vie de la nature se manifeste. Les Dieux de l'Inde qui sont les ancêtres de tous les autres, les Dieux de l'Egypte, de la Phénicie et de l'Asie Mineure, ceux des contrées septentrionales de l'Europe,, collectivement désignée par les Grecs sous le nom de Thrace et qui n'étaient qu'un campement des races asiatiques débordant sur l'Occident, toutes les divinités de ces régions dont les colonies ont peuplé la Grèce, ne reproduisaient qu'incidemment quelques traits de l'âme et de la face humaine, et ne représentaient en réalité que des agents de l'univers, ou des attributs de l'être en général.

C'est un fait hors de doute que tous les cultes, comme toutes les populations de la Grèce lui sont venues de l'Orient, et directement de l'Asie-Mineure, de l'Egypte et de la Phénicie. Quand les migrations abordèrent sur la terre des Pélages à la suite de Cadmus, de Danaüs, de Cécrops, les Dieux qui devaient peupler l'Olympe grec sous des figures si semblables à la nôtre, avaient encore conservé leur aspect oriental primitif; ils le gardèrent jusqu'au moment où se fit dans la religion et dans la poésie, en un mot, dans le sentiment esthétique de la nature, cette révolution Homérique dont nous étudions ici les caractères. Jusqu'à cette époque, la poésie, comme tout le reste de la connaissance humaine, avait

été renfermée dans la religion ; la nouvelle période
particulière à la Grèce devait, au contraire, placer
et circonscrire la religion dans la poésie.

Chacun de ces Dieux si humainement personnels,
si artistement beaux du Panthéon Homérique, pour
l'érudit qui remonte le cours de la migration religieuse de la Grèce à l'Egypte, à la Phénicie et à
l'Inde, se trouve aboutir à quelque idole informe,
affreusement mélangée de traits empruntés à toutes
les espèces vivantes, monstrueuse au point de vue
de l'art, mais plus directement, plus profondément significative au point de vue ontologique. Ce
qui, dans l'Orient, était un monde, un règne tout
entier de la nature, un des grands attributs de l'Etre,
est devenu chez Homère un homme, une passion,
une face de l'âme humaine.

Remontons vers le berceau des principaux Dieux
de l'Iliade et de l'Odyssée, Jupiter, Junon, Mars,
Vénus, Neptune, Minerve. Ils n'ont pas toujours
tenu conseil dans l'Olympe ; ils n'ont pas toujours
agi avec une individualité aussi marquée que celle
qu'ils déploient au milieu des Grecs et des Troyens.
Dans leur patrie orientale nous les avons vus indis-
solublement unis avec la nature, ne faisant qu'un
avec l'univers. Depuis lors, le symbolisme transparent par lequel chacune de ces divinités représentait
ou le ciel, ou la terre, ou la force créatrice, ou le
principe destructeur, se condense, s'épaissit pour
ainsi dire, et le mythe monstrueux devient une

statue dont la forme et la beauté nous font oublier la pensée qu'exprimait l'idole rudimentaire.

A part sa foudre, Jupiter n'a plus rien conservé dans Homère pour nous rappeler que ce Dieu fut d'abord l'atmosphère dans lequel se meuvent et respirent tous les êtres vivants, le firmament sans bornes qui contient tous les astres; il a perdu presque tous les caractères de ce mythe météorologique dont se souvenait le vieil Ennius lorsqu'il a dit :

Adspice hoc sublime candens quem invocant omnes
Jovem.

Malgré sa grandeur surhumaine, qu'elle distance entre l'époux irrité de Junon et ce Dieu dont il est dit dans les Hymnes Orphiques :

« Jupiter fut le premier et le dernier, Jupiter la tête et le milieu ; de lui sont provenues toutes choses. Jupiter fut homme et vierge immortelle. Jupiter est le fondement de la terre et des cieux. Jupiter le souffle qui anime tous les êtres ; Jupiter l'essor du feu, la racine de la mer ; Jupiter le soleil et la lune. Jupiter est roi, seul il a créé toutes choses ; Il est une force, un Dieu, grand principe du tout ; un seul corps excellent qui embrasse tous les êtres, le feu, l'eau, la terre et l'éther, la nuit et le jour, et Métis, la créatrice première, et l'amour plein de charmes. Tous ces êtres sont contenus dans le corps immense de Jupiter..... »

Cependant la signification naturaliste des Dieux d'Homère se manifeste parfois d'une façon assez claire dans sa poésie : on peut citer comme preuve que la tradition du mythe météorologique de Jupiter et de Junon s'y est conservée , la scène conjugale qui se passe entr'eux au XIVe chant de l'Iliade :

«Le Dieu qui rassemble les nuages, Jupiter lui répondit : Junon, ne crains pas d'être aperçue des Dieux ni des hommes ; je t'envelopperai d'un nuage d'or que ne pourra percer le Soleil même, lui dont les regards sont si pénétrants. »

« A ces mots le fils de Saturne entoura son épouse de ses bras ; sous eux la terre pousse une herbe nouvelle ; le lothos humide de rosée, le safran et l'hyacinthe délicate les soulèvent mollement ; c'est là qu'ils sont couchés, recouverts d'un beau nuage d'or d'où coule la rosée en gouttes scintillantes.»

Il est impossible que, même dans l'intelligence naïvement anthropomorphiste du rapsode Homérique, cette union ainsi décrite ne symbolisât pas le fécond rapprochement de l'atmosphère céleste et de la terre, d'où naissent toutes les productions végétales.

Mars, l'impétueux amant de Vénus Aphrodite, était chez les Thraces, d'où son culte passa en Grèce, un vieux cimeterre de fer; fétiche sanglant, mythe expressif des rudes instincts de ces races septentrionales. Aphrodite, sous sa forme orientale, c'est la force génératrice de la nature, le principe de la création matérielle ; avant de présider à l'union des cœurs et de porter cette belle ceinture pleine de désirs, elle a eu pour image, même dans l'Attique, une pierre carrée.

Les deux divinités les plus complètement grecques et Homériques, et auxquelles il est impossible d'assigner une origine orientale, c'est Hercule et Minerve. Quoique l'on fasse venir le culte de Pallas de l'Egypte, le récit d'Hérodote sur la déesse lybienne, qu'il a assimilée à l'Athénée grecque, a donné lieu de la part de quelques savants à des recherches d'où sortirait un résultat tout opposé : c'est que Minerve serait allée non pas d'Egypte en Grèce, mais de Grèce en Egypte. Minerve en effet n'a rien des symboles physiques et primitifs ; c'est une déesse psychologique ; elle sort toute armée du cerveau de Jupiter, comme la civilisation hellénique est sortie de l'esprit humain ; elle ne dérive pas fatalement de la nature. Hésiode consacre cette origine dans sa Théogonie ; Homère l'avait certainement en vue quand il appelait Pallas *la fille du fort,* ὀβριμοπάτρη. Elle est encore appelée la puissance et la force de Jupiter, Διὸς δύναμις ; comme dit le rhéteur Aristide : « Elle pacifie la guerre qui est en nous ; elle subjugue les ennemis perpétuels qui sont inhérents à notre nature, et par là fait fleurir toutes les vertus ; les œuvres de Jupiter et celle de Minerve sont communes, et ce n'est pas sans justesse qu'on pourrait nommer cette déesse l'énergie de Jupiter. »

Cette différence de caractère entre les Dieux d'origine orientale, qui sont des symboles de la nature, et les Dieux d'origine grecque, qui représentent des facultés humaines, se perçoit nettement dans le culte de deux divinités secondaires, Dionysos ou Bacchus et Hercule. « Le mythe d'Hercule, dit Creuzer, dissimule si bien toute origine étrangère, l'élément symbolique y est tellement subordonné, tellement absorbé par l'élément héroïque et grec, qu'il est besoin d'une grande attention pour y découvrir le rayon divin, la trame d'antique religion solaire qui court, en quelque façon, à travers ce mythe. Au contraire, le mythe de Bacchus, même dans sa forme la plus humaine, laisse encore entrevoir sa patrie orientale. »

Bacchus, c'est évidemment le principe orgiaque de la nature ; son culte, c'est l'ivresse de la création. Né sous le soleil dévorant et dans la végétation luxuriante de l'Asie, ce Dieu est la personnification de l'influence dominatrice que la matière exerce par instants sur l'âme ; son itinéraire est tout marqué par la tradition de l'Inde à la Grèce ; c'est une incarnation de Siva ; c'est la divinité la plus évidemment matérialiste de tout l'Olympe hellénique. Hercule n'est-il pas au contraire un Dieu tout occidental ? C'est le Dieu du travail, de la lutte de l'homme contre la matière : c'est l'ennemi des éléments ; au lieu d'être un fils de l'Asie et de la nature, c'est lui qui terrasse Antée, le fils de la Terre. Ce mythe n'appartient pas à une époque primitive et cosmogonique, mais à une époque humaine. C'est en vain

que dans une suite de raisonnements très-ingénieux,
le savant Bergier essaie de faire d'Hercule, sous le
nom que lui donnent souvent les poètes de Βίη Ἡρακλῆος
le mythe de l'eau qui rompt les digues; il est impossible de voir dans ce Dieu un rejeton des religions
de la nature; c'est, au contraire, évidemment le symbole de l'humanité commençant à lutter contre les
forces hostiles de la création ; c'est le mythe de
l'industrie naissante en même temps que de l'héroïsme primitif.

Lorsqu'à la décadence du paganisme les philosophes entreprirent de se rendre compte des croyances
populaires et d'en rechercher les bases métaphysiques, le travail qu'ils eurent à faire fut de franchir
l'époque des Dieux Homériques , pour restituer à
chacun de ces mythes anthropomorphes le sens qu'il
avait eu dans les vieilles religions de la nature qui
régnaient en Asie. Chez les Stoïciens, Jupiter est la
source universelle de vie , la force vitale qui est
dans tous les êtres ; il s'appelle Zeus , parce qu'il
donne la vie à toute chose ; Dis , parce que toutes
choses sont par lui ; Platon le considère comme
la force architecturale du monde. Dans le Jupiter
d'Homère, l'univers a pris la forme humaine ; dans
le Jupiter des philosophes , l'idole à face humaine redevient l'univers. Nous apprenons par Ci-
céron sous quel point de vue les philosophes ,
particulièrement les Stoïciens , envisageaient Poseidon ou Neptune; ce Dieu était, selon eux, l'esprit

ou le souffle d'intelligence répandu sur la mer, l'intelligence qui règle l'équilibre et l'harmonie de la terre et des eaux. Virgile, ce poète pénétré de la philosophie religieuse du Platonisme, parlait de Jupiter et de Junon lorsqu'il a dit : « Alors le Père tout puissant, l'Ether avec ses pluies fécondes, descend au sein de son épouse ravie, et s'unissant à ce vaste corps, le grand Dieu vivifie les germes de toutes les productions. »

Tum pater omnipotens, fecundis imbribus æther
Conjugis in gremium lætæ descendit, et omnes
Magnus alit, magno commixtus corpore, fœtus.

Georg. liv. II, 325.

Chose à méditer ! La portée ontologique des religions de la nature est plus profonde que celle du paganisme anthropomorphe. Le spectacle de la nature nous révèle plus abondamment l'infini que l'étude de l'âme elle-même. A toutes les époques où la domination des sentiments humains a aboli le sentiment religieux, c'est par le sentiment de la nature que l'on rentre dans l'idée infinie de la divinité. Lorsqu'en France le sentiment de l'infini se fut éteint, que la vie religieuse eut tari au souffle des Encyclopédistes, c'est par Rousseau, par Bernardin de St-Pierre, par Châteaubriand, que rentra dans la littérature l'idée de Dieu, retrouvée par eux au milieu des Alpes, dans les mers de l'Inde et dans les forêts vierges de l'Amérique.

Les Dieux d'Homère, faits à l'image de l'homme, ont

moins de grandeur que les divinités orientales faites
à l'image de la nature ; la beauté de leur forme, l'harmonie de leurs proportions nous enchantent , parce
que ces proportions sont calculées sur notre propre
mesure. Mais c'est précisément pour être mesurés
à nos dimensions, que ces Dieux sont plus petits que
ceux de l'Inde , taillés sur le patron du Gange , de
l'Océan et de l'Himalaya. Le genre de beauté qu'ils
affectent , c'est une forme achevée , une expression
arrêtée qui exclut l'infini de la signification ; l'œil
est tellement satisfait à les voir, qu'il ne cherche en
eux rien de plus que ce qui frappe l'imagination sensible; aucune inquiétude, aucune curiosité n'est éveil-
lée dans l'âme par cette contemplation.

En venant habiter la Grèce , en revêtant la figure
et les conditions humaines dans la poésie Homérique, les Dieux de l'Orient ont perdu leur valeur métaphysique; ils ne symbolisent plus avec la même puissance l'Etre universel dans son ensemble et dans ses
mille accidents. En même temps que leurs rapports
avec la nature, leurs rapports avec l'infini sont
brisés. Mais la Grèce, en construisant les âmes de
ses Dieux sur le modèle des âmes humaines, en leur
donnant pour loi les lois du cœur humain au lieu
de leur donner celles de la nature extérieure , en
prenant pour type de l'existence l'homme, être libre
et moral , au lieu de la nature , être irresponsable
et fatal ; la Grèce a augmenté la valeur psychologique et morale des divinités du paganisme.

6.

Le premier résultat de cette révolution fut, comme nous l'avons remarqué, de régler dans les cultes grecs l'effervescence du principe matériel ; malgré le sensualisme qu'on leur reproche encore, les monstruosités de la chair en ont disparu. Que sont les Orgies et les Bacchanales, à côté des prostitutions en masse de l'Inde, de Babylone et de l'Egypte? Quoiqu'on ait dit des religions de la Grèce, elle n'en a pas moins fait un pas vers le spiritualisme, tout en perdant quelque chose du sentiment de l'infini. Il faut lui en tenir compte et montrer un dédain moins superbe pour cette religion de l'adolescence, jugée du haut de notre maturité.

Un autre bienfait, plus grand encore, signale l'avènement des cultes helléniques et compense en faveur de l'Olympe grec ce qui lui manque de hauteur et d'horizon. Dans toutes les divinités de l'Egypte et de l'Inde qui personnifient les forces de la nature, on sent à travers la puissance et la grandeur colossales le défaut de liberté. Une immobilité éternelle enchaîne les Dieux de Thèbes et de Memphis ; leurs mains sont scellées à leurs genoux par des liens de granit. Les divinités de l'Inde dans leurs évolutions innombrables, Brahma dans ses pérégrinations à travers l'espace infini, Vishnou dans ses myriades d'avatars, semblent toujours obéir à un destin plus puissant qu'eux. Il est souvent question de ce destin dans Homère ; ses Dieux en font dans leurs discours une mention respectueuse que leurs actions contredisent constamment ; ils délibèrent avec toute la liberté , toute l'indécision, toute la fantaisie d'un aréopage démocratique ; ils organisent contre Jupiter lui-même , au sein de l'Olympe, une formidable coalition. Junon , à la tête des opposants, remplace par la ruse et la finesse helléniques ce qui leur manque du côté de la force matérielle.

Les sociétés et les individus, à leur insu même, tendent à se modeler sur l'idée de Dieu telle qu'elle est posée dans leur religion. Le régime des castes , l'anéantissement des individualités , le monstrueux despotisme qui régnait dans l'Orient , tout cela était le fruit du Panthéisme. L'anthropomorphisme grec contenait les germes d'une plus grande liberté morale pour les hommes et de la liberté politique pour les nations. La démocratie est descendue de l'Olympe dans l'Agora d'Athènes. Si Socrate a pu discuter le polythéisme avec ses disciples, c'est parce que les Dieux grecs discutaient dans le ciel la royauté de Jupiter. Le paganisme Homérique fut une erreur, mais une erreur qui contenait en elle-même le principe de sa réfutation, qui devait même s'y prêter complaisamment en donnant accès au scepticisme et à l'ironie. Les Dieux d'Homère ne sont pas tellement enracinés sur leurs sièges olympiens qu'ils ne puissent en descendre , quand il le faudra , sous le fouet d'Aristophane et l'ironie de Socrate, pour laisser la place à un Dieu meilleur. Ils se permettent parfois de se moquer d'eux-mêmes afin que les hommes

puissent plus tard en prendre la licence. Ce rire
inextinguible dont ils accueillent le boiteux Vulcain
dans le céleste aréopage, l'humanité le rendra quelque jour avec usure à ces idoles de son enfance.

On a reproché à Homère l'infériorité de ses Dieux
vis-à-vis de ses héros ; Vénus et Mars sont blessés
par Diodème, dans l'Iliade. Tout le sens et toute la
grandeur du génie de la Grèce éclatent dans ces deux
épisodes. L'Iliade n'est pas seulement la lutte de
l'Europe contre l'Asie, de l'Occident contre l'Orient ;
c'est la victoire de la liberté humaine contre le fatalisme panthéiste ; c'est le triomphe de l'homme, qui
deviendra l'homme-Dieu, contre la monstrueuse déifi-
cation de la nature. Le culte de l'univers physique,
le panthéisme matérialiste de l'Asie ne se relèvera
pas de cette blessure si légère en apparence faite à
la main de Vénus par la lance du fils de Tydée. Placée entre l'antique Orient et l'Occident moderne, entre
le panthéisme et le spiritualisme, entre le culte des
forces de la nature et celui des puissances de l'âme,
la Grèce avait un rôle providentiel qu'elle a rempli
héroïquement ; c'est cette noble guerre qu'elle a
faite aux Dieux de la nature au profit de l'humanité.
La poésie Homérique en donna le signal ; elle a été
la religion des démocraties grecques et la source de
la ruine du paganisme primitif. Homère avait donc
le droit de dire des combats de ses héros contre
ceux de l'Asie, et, l'histoire répètera après lui de
tous les travaux de l'esprit grec opposés à ceux de

l'Orient : « Ce n'est point maintenant la querelle des Grecs et des Troyens , les fils de Danaüs combattent même les immortels. »

Οὐ γὰρ ἔτι Τρώων καὶ Ἀχαιῶν φύλοπις αἰνή,
Ἀλλ' ἤδη Δαναοί γε καὶ ἀθανάθοισι μάχονται.

Iliad., Ch. V. 380.

CHAPITRE III.

Comment la poésie Homérique a senti la forme dans la nature, ou des descriptions, des comparaisons, des images, du style d'Homère.

C'est vers Dieu, à travers la nature, c'est vers la pensée infinie, à travers la forme sensible, que s'élancent les instincts du cœur au milieu des émotions, des idées sans nombre dont l'homme est inondé par le spectacle de la création. La nature est divine par un de ses éléments ; à cet élément supérieur correspondent les impressions supérieures de l'âme en face de l'univers. Depuis cette révélation de l'infini que nous donne le monde physique jusqu'à la satisfaction de nos plus grossiers besoins, les rapports de l'homme avec la nature et les sentiments qui en naissent, se graduent sur une échelle harmonieuse dont le sentiment esthétique occupe le sommet, parce qu'il renferme en lui l'idée religieuse.

Ce sentiment par lequel nous puisons dans la nature une partie de la science de l'être en soi, de l'ontologie, nous l'avons, entre les diverses branches du sentiment intégral de la nature, désigné sous le nom de sentiment de l'idée ou de l'idéal dans la nature, parce qu'il s'adresse, à travers la forme sensible, à l'idée divine elle-même dont la forme n'est qu'une dérivation ; car c'est l'idée qui engendre la forme au sein de l'intelligence éternelle en qui reposent, avec toutes les idées, tous les types et tous les principes des choses créées.

Outre l'idée infinie qu'elle révèle au sens métaphysique, la nature, à ceux qui la contemplent avec un regard moins perçant que celui du philosophe, semble être douée d'une vie qui lui serait propre et dont la source serait en elle-même. Si l'on considère en effet la création dans chacun des objets qui la composent, chacun de ces objets paraît posséder, en tant qu'individuel, une virtualité, une énergie qui maintient son existence distincte. Frappés de ce don de la vie inhérent à chaque objet et qui fait de chacun comme un petit monde à part ayant son centre en lui-même, certains esprits, par une erreur facile à concevoir, ont méconnu le lien qui rattache les objets à leur source, à l'idée éternelle et divine.

Toutes les religions de l'Antiquité, excepté le Judaïsme qui possédait la tradition du Dieu pur esprit, étaient des religions de la nature, et dérivaient d'une certaine combinaison des sentiments divers qu'excite dans l'homme le spectacle de l'univers visible. Plusieurs d'entr'elles, notamment celles de l'Inde, renfermèrent en abondance le sentiment de l'infini, la notion de l'unité et même de la spiritualité de l'Etre. Ce que ces religions renferment de faux et d'idolâtrique provient de ce que le sentiment de la vie dans la nature domina, au fond des esprits où ces religions prirent naissance, ce sentiment plus essentiel de l'idée qui reste au sein de Dieu distincte de la nature et absolue. Dans les religions grecques, le sentiment de la vie dans la nature se trouva face à face avec une conscience très vive de la personnalité, de la liberté humaine ; dès lors, l'idée de la distinction, de la division, de l'individualité domina, et de là naquit le paganisme anthropomorphe qui eut sa première et sa plus éclatante expression dans la poésie d'Homère.

Des hauteurs de l'idée religieuse, le sentiment de la nature descend jusqu'aux plus vulgaires sensations. Nous avons désigné sous le nom de sentiment esthétique l'état le plus élevé de ce sentiment qui se subdivise en trois principales catégories correspondantes à l'idée, à la vie, à la forme, et par là aux trois grands attributs de l'Etre. Le sentiment de la vie dans la nature se réunit à celui de l'idée pour constituer la partie la plus religieuse, et le sentiment de la forme s'allie aux côtés les plus humains de la notion esthétique de la nature.

Il est facile de prouver à priori que la façon de sentir la vie dans la nature importe beaucoup plus à l'idée religieuse que la manière d'y sentir la forme. L'histoire des religions démontre d'ailleurs que l'aspect de la nature, non plus seulement comme unité, mais en tant que collection d'êtres vivants d'une vie distincte, a joué un très grand rôle dans la formation

des divers cultes. Mais si relativement à l'idée religieuse, l'effet que produit la forme, la surface extérieure des objets de la nature, sur l'esprit humain ne
joue qu'un rôle secondaire, ce sentiment devient à
son tour le plus important dans l'ordre des arts et de
la poésie, en tant que la poésie et les arts sont em-
ployés eux-mêmes à exprimer, à revêtir l'idée d'une
forme.

Etudiant dans le génie d'Homère ce qui est né des
impressions faites par le monde extérieur, nous
avons dû commencer par analyser le résultat de ces
impressions au point de vue de l'idée religieuse.
Comment la nature, cette grande révélatrice qui sol-
licite et qui complète l'enseignement intérieur donné par la raison, comment la nature a-t-elle parlé
de Dieu au père de la poésie grecque? Telle est la
première question qu'il fallait poser. Avant tout et au
dessus de tout, l'idée de Dieu, *ab Jove principium*; la
religion d'abord, l'art ensuite; la source invisible et
intarissable cachée dans les abîmes sans limites de
l'absolu, et le fleuve qui s'en échappe et qui coule en
dessinant les lignes harmonieuses de ses rivages.

Le sentiment de la forme s'adresse à ce que la nature offre de plus limité, de plus extérieur à l'être
absolu, à ce qui tombe sous les organes les plus bornés de l'âme humaine. C'est là sans doute un principe moins sublime que le sentiment religieux; mais
pour la poésie et les arts, il est tout aussi nécessaire.
Qui dit art et poésie, dit idée exprimée et, par con-

séquent, implique le sentiment et l'observation des lois de la forme. Placée en face de la nature, notre intelligence a besoin par moment de s'arrêter à la surface, au contour des choses, de s'entretenir seulement de ce que les yeux voient, de ce qu'éprouvent les sens. C'est autant comme collection de formes que comme mélange d'idées et de vie, que le monde extérieur doit frapper l'esprit du poète et de l'artiste ; mais la forme, quoiqu'elle constitue ce qu'il y a de plus étroit, de plus fini dans la nature, est néanmoins susceptible d'être envisagée sous divers aspects ; sa valeur devient différente pour les regards eux-mêmes, suivant que l'âme la considère plus ou moins isolément de sa signification, suivant qu'on la comprend comme plus ou moins intimément unie à la vie et à l'idée. Malgré donc tout ce qu'elle a d'impérieux et de saisissant, et quoiqu'elle impose des sensations analogues à tous ceux qui la perçoivent, la forme peut être vue diversement par divers esprits. Cette diversité de jugement sur la forme dans la nature éclate surtout lorsqu'il s'agit de la représenter; car la nature ne pouvant pas être peinte en masse, et l'artiste devant faire un choix, les objets et les détails qu'il adopte pour ses tableaux, l'aspect sous lequel il les reproduit, indiquent sa façon particulière de sentir, d'aimer et de comprendre la nature.

De quelle manière propre à leur époque et à leur pays les poètes Homériques ont-ils senti la forme dans la nature? Cette question se résout par l'étude des descriptions, des comparaisons, des images dans l'œuvre d'Homère.

L'âme entière de l'artiste, ses sentiments, ses croyances se peignent dans les descriptions qu'il nous donne du monde extérieur. Le même site, les mêmes objets de la nature sont réfléchis dans des conditions différentes de lumière, de profondeur, d'enchaînement et d'animation, selon l'intelligence qui leur sert de miroir. Chez ce poète, le paysage s'im—mobilise en un bas relief à vives saillies, mais sans perspective ; cet autre nous offrira des tableaux riches de couleurs, profonds, où l'air et la lumière circulent, mais qui restent muets comme tout ce qui est fait uniquement pour les yeux. La nature nous apparaîtra chez celui—ci dans un récit qui observe l'ordre et la succession des objets ; chez celui—là les images s'assembleront sans symétrie des points les plus divers de l'horizon, comme des jets lyriques qui partent à la fois de tous les coins de l'âme. Enfin dans cette autre description, comme dans un drame immense, tous les objets, tous les êtres prendront une voix pour se révéler à nous intimément ; la couleur et les contours disparaîtront, la peinture s'évanouira pour faire place à la musique des choses.

Chaque zône, chaque climat aura sa poésie particulière née, comme ses fleurs, de l'air et du sol ; car c'est bien souvent le paysage lui—même qui a donné au poète l'esprit dans lequel le poète le dépeint ; le site fait le poète, et le poète à son tour refait le site.

En même temps que la nature est une collection de sites et de climat distincts, d'objets isolés, elle est un ensemble, un grand tout. D'après la manière dont un poète représente tel paysage, tel objet particulier, on peut juger en lui le sentiment de la nature; mais quand il lui arrive de se placer en face de l'universalité des choses, de regarder tout autour de lui, jusqu'à l'horizon, de toute la force de son regard, ce qu'il peint dans ce moment nous révélera mieux que toute description isolée ce que le poète a senti de la création, et il aura senti tout ce que son âme peut porter de la signification métaphysique du monde extérieur. La plupart des poètes, ceux là même qui se plaisent dans les détails, ont eu leur heure de contemplation du grand tout. Chez les poètes modernes de l'Europe, depuis qu'elle s'est affranchie de l'imitation classique, cette contemplation en face de la nature infinie s'est élevée à une haute puissance; elle a pour expression dans Chateaubriand, dans Byron, dans Goethe, dans Lamartine, dans Victor Hugo, les plus admirables tableaux lyriques ; ces grandes peintures jettent dans le cœur un peu de l'infini qui les a fait naître. Le principal besoin des poètes primitifs était pareillement de contempler et de juger à leur point de vue l'ensemble de l'univers, le lieu général de toutes les existences. Nous ne chercherons pas ici à retrouver par le raisonnement quel fut le sentiment primitif de la nature; c'est le sujet d'un travail à part; nous ne parlons que des époques qui nous ont laissé

des monuments écrits. Dans presque toutes les grandes compositions poétiques de l'Antiquité, il y a un
moment où, dans une vaste peinture sous forme de
description plastique ou de récit, le poète nous dé-
voile son sentiment le plus général en face de la nature, et par là, ordinairement, ses opinions cosmogo-
niques et son système religieux.

Si peu préoccupée qu'elle soit de l'universel et de
l'infini dans la nature et quoiqu'elle ne décrive jamais
que par objet et par site bien déterminés, la poésie
Homérique nous offre néanmoins un morceau consacré à reproduire les traits d'ensemble de l'univers.
La place que tient cette peinture et l'objet qu'elle dé-
core trahissent d'avance son caractère ; ce n'est pas
le récit d'un voyage symbolique à travers l'étendue,
ce n'est pas une carte cosmogonique prise des sommets de l'Himalaya ou du milieu de ces vastes pla-
teaux de la Haute Asie, d'où l'œil est obligé d'aller
chercher les étoiles pour savoir où s'arrêter. Homère a peint de la création ce qu'aperçoit le voyageur qui passe à mi-côte d'une montagne de la
Grèce, c'est-à-dire, la tribu qui habite la vallée, avec
une échappée de la mer et du ciel ; c'est sur le bouclier d'Achile que le poète héroïque a gravé sa carte
de la nature. A son imitation, toute l'Antiquité grecque et latine a trouvé cette place assez large pour y
faire tenir ce qu'elle sentait de l'infini. D'autres guerriers qu'Achille ont ainsi porté l'image de l'univers
sur leur bouclier ; d'après Homère, tous les poètes
ont armé leurs héros d'un écu symbolique.

Ainsi c'est le bouclier d'Achille qui va nous apprendre ce que la nature a montré de plus saisissant aux yeux du fondateur de la poésie antique.

Sept vers suffisent au chantre de l'Iliade pour raconter tout ce que lui a dit l'immense étendue des cieux, pour traduire l'impression que lui a faite l'ensemble du Cosmos, abstraction faite de l'homme. Il mentionne : « la terre, les cieux, la mer, le soleil infatigable, la lune arrondie, et tous les astres dont se couronne le ciel : les Pléiades, les Hyades, le brillant Orion, l'Ourse que l'on appelle aussi le Chariot, qui tourne toujours aux mêmes heures et regarde Orion : c'est la seule constellation qui ne se plonge point dans les flots de l'Océan. » Ce qui attire surtout les regards du poète grec, c'est la terre, séjour de l'humanité et sur la terre l'humanité elle-même avec tout ce qui atteste sa présence. Aucun site, aucun objet, aucune face de la nature ne sont décrits, pour leur propre valeur ; partout c'est l'homme et non pas l'univers, qui occupe le premier plan ; partout le paysage disparaît derrière une scène de la vie sociale. Les Dieux mêmes, les Dieux si humains de l'Olympe grec, ne tiennent point de place dans ce tableau qui vise pourtant à représenter l'ensemble du monde. Mais le monde est là en scène tel qu'il apparaissait aux imaginations helléniques, c'est-à-dire, comme l'empire où s'exerce et règne l'activité de l'homme. La vie sociale aux temps héroïques, tel est le vrai sujet de cette peinture du bouclier d'Achille qui appartient cependant à la cosmogonie.

Deux villes y sont représentées ; dans l'une où
règnent les travaux et les plaisirs de la paix, on célè-
bre des fêtes nuptiales et de splendides festins ; des
vieillards jugent un différend au milieu du peuple qui
prend déjà à la discussion une part qui fait prévoir
les débats démocratiques de l'Agora. L'autre cité est
assiégée, et autour d'elle on combat avec fureur. Ainsi
la guerre, les agitations de la place publique, les festins, les travaux du labourage, de la moisson, des
vendanges, les luttes des pasteurs contre les animaux ravisseurs, les danses autour d'un chantre
divin porteur de la lyre ; enfin, à tous les horizons,
l'Océan, la mer azurée, qui entoure le bouclier d'A-
chille, comme elle entoure la Grèce elle-même ; voilà
tout le monde d'Homère. Nous l'avons dit déjà, pour
les Grecs, l'Océan est une limite ; le rivage de la mer
n'est pas le commencement d'une étendue sans fin,
il est le terme du monde, la borne de la création.

Les mêmes idées géographiques et cosmogoni-
ques ont inspiré Hésiode, qui donne également l'O-
céan pour bordure au bouclier d'Hercule ; le sujet
représenté est, comme dans Homère, l'ensemble des
choses, l'univers tel qu'il était compris dans les
temps héroïques de la Grèce. Le point de vue et les
intentions sont évidemment les mêmes dans les deux
tableaux ; les deux mythologies, les deux philosophies
sont pareilles ; l'art seul est différent. L'œuvre d'Hésiode est plus chargée de détails ; les proportions en
sont moins simples et moins harmonieuses ; des épiso-

des historiques y compliquent les scènes principales qui ont pour but de représenter la vie humaine en général. L'auteur du bouclier d'Hercule décrit le combat des Centaures et des Lapithes, Persée vainqueur de la Gorgone. Les noms et l'action des Dieux se montrant plus souvent dans les peintures d'Hésiode, leur donneraient un caractère plus religieux, si les faits et les noms d'hommes ne les rapprochaient davantage de l'histoire, en leur ôtant la portée philosophique et cosmogonique qu'auraient des actes rapportés sans noms propres. La surabondance des détails rend aussi le tableau inférieur sous le rapport de l'art; Hésiode nous montre dans la mer les poissons qui s'entredévorent. Homère avait peint d'un seul trait l'Océan roulant en cercle autour du bouclier ; chez lui le génie hellénique est plus pur dans sa noble simplicité ; c'est de lui que s'inspireront les arts plastiques où doit triompher ce génie. L'architecture du Parthénon est du même ordre que celle de l'Iliade.

La poésie Homérique ne renferme pas une seule description de la nature qui laisse oublier l'action de l'homme et sa présence dans le paysage ; les tableaux purement pittoresques sont même très rares. Homère ne décrit que pour raconter; il ne peint un lieu que pour retracer un fait.

Dans l'Odyssée, la nature tient un peu plus de place que dans l'Iliade ; c'est l'épopée d'un peuple maritime et voyageur; le héros jette forcément sur les contrées qu'il traverse un regard plus attentif que les guerriers de l'Iliade à qui la poussière de la bataille cache tout autre aspect que la lueur des armes de l'ennemi. Plus riche en descriptions que l'Iliade , l'O-dyssée ne nous conduit pourtant que dans des sites métamorphosés par la main de l'homme. Homère ne s'arrête dans la nature inculte que pour y conduire la première charrue avec Triptolème, ou pour en terrasser les monstres avec la massue d'Hercule. Voyez l'île de Calypso, où jamais pourtant ne s'est promenée la hache d'un défricheur mortel ; comme cette nature est élégamment émondée ; comme elle est débarrassée de la végétation trop luxuriante qui pourrait gêner les courses et les dan-ses des Nymphes légères !

« Tout à l'entour de cette grotte s'élevait un bois verdoyant d'ormes , de peupliers et de cyprès ; là les oiseaux venaient faire leurs nids, les scops , les éperviers et les corneilles marines à la voix per-çante qui se plaisent aux œuvres de la mer. A l'ex-térieur de cette grotte sombre, une jeune vigne étendait ses branches chargées de grappes ; quatre fontaines parallèles laissaient couler un onde lim-pide , d'abord rapprochées entr'elles , puis se divi-sant en mille détours. Sur leurs rives s'étendaient de riches prairies émaillées d'ache et de violettes; un Dieu même arrivant en ces lieux était à cette vue frappé d'admiration , et goûtait une douce joie dans son cœur. »

ODYSSÉE. Chant v., vers 63.

Le poète ne nous montre avec amour que les jardins bien cultivés dont le maître peut être loué pour son activité et sa richesse.

« Au delà de la cour et tout près des portes, est un jardin de quatre arpents ; de toutes parts il est fer—mé par une enceinte ; là croissent des arbres élevés et verdoyants, les poiriers, les grenadiers, les pommiers aux fruits éclatants, les doux figuiers et les oliviers toujours verts. Les fruits de ces arbres abondent pendant toute l'année ; ils ne manquent ni l'hiver, ni l'été ; constamment le zéphir, en soufflant, fait naître les uns et mûrit les autres ; la poire vieillit auprès de la poire, la pomme auprès de la pomme, le raisin auprès du raisin et la figue au—près de la figue. Là fut aussi planté une vigne fé—conde dont une partie, dans une plaine unie et dé—couverte, sèche aux rayons du soleil ; on vendange ses grappes, tandis que les autres sont pressées ; plus loin sont encore de jeunes grappes, les unes paraissent en fleurs, et les autres commencent à noircir. A l'extrémité du jardin, des plates—bandes régulières sont remplies de diverses plantes pota—gères qui fleurissent abondamment. En ces lieux sont enfin deux fontaines ; l'une serpente à travers le jardin tout entier ; la seconde, d'un autre côté, coule à l'entrée de la cour près du palais élevé ; c'est là que viennent puiser les habitants. Tels étaient les riches présents des Dieux dans la demeure d'Al—cinoüs. »

ODYSSÉE. Chant, VII, v. 110—132.

Suivons Ulysse dans l'île du Cyclope où la nature se montre à lui dans ce qu'elle a de plus sauvage. Tout en constatant que le sol est inculte, l'esprit du poète est bien vite ramené à la pensée du travail humain. « Les Cyclopes, dit-il, auraient pu cultiver cette île et la rendre habitable ; elle n'est point stérile et porterait des fruits en toute saison. Là, sur le rivage de la mer blanchissante, s'étendent des prairies humides et touffues ; les plants de vignes y seraient surtout d'une longue durée. Elle est d'un facile labourage; on y recueillerait dans la saison une moisson abondante, parce que le sol est gras et fertile. Cette île possède encore un port commode où jamais il n'est besoin de cordage, où l'on ne jette point l'ancre, où nul lien n'attache les navires, et quand ils abordent en ces lieux, ils y restent jusqu'à ce que les nautoniers désirent partir, et que les vents viennent à souffler. A l'extrémité de ce port coule une onde limpide ; la fontaine est sous une grotte ; tout autour s'élèvent des peupliers. »

ODYSSÉE, ch. IX, v. 129-141.

Dans cette île couverte de forêts, Homère n'a pas fait attention aux forêts elles-mêmes ; il n'a songé qu'à ce que l'île aurait pu devenir sous la main de l'homme. Rapprochez cette description d'une forêt Homérique de la peinture d'un de ces bois que traversent longuement les personnages des épopées indiennes.

Dans un des épisodes du Mahabharata , une reine de l'Inde, Damayanti , à la recherche de Nalus son époux , rencontre une forêt que le poète indien décrit de la manière suivante :

« Après avoir tué le chasseur, la Reine aux yeux semblables à la fleur du lotus, Damayanti , s'avança dans une forêt solitaire et terrible, parcourue en tout sens par des troupeaux de Lions, de léopards , de cerfs, de tigres, d'ours et de buffles ; là des oiseaux de toute espèce remplissent l'air ; là rôdent seulement quelques hommes sauvages ; les mauvais esprits y font retentir l'immense étendue de bruits sinistres. La terre est couverte de l'ombre épaisse du sala, du veniba, du dhava, de l'asvaltha, du tinguda, de l'arjuna, de l'inguda, du cinsuca, de l'aristha ; sur toute la surface du sol croissent abondamment le syandana et le salmaca, le jambiba-amhra, le khadira, le salavetra, le padmaea, l'amalaca, le plachsacadamba , l'undumbara, le vadaria-vilva, le nyagrodha, le pryali-sala, le kharjura, de l'haritacis , le vibhitaca. Là s'élèvent des montagnes de toutes les hauteurs, dont les profondeurs recèlent mille espèces de métaux ; elles sont couvertes d'arbres retentissants ; dans leurs flancs s'ouvrent des cavernes effrayantes ; à leurs pieds s'étendent des marais , des lacs et des fleuves peuplés de monstres et d'oiseaux de toutes formes. Damayanti admirait les torrents, les cataractes, les étangs et les gouffres, et les sommets escarpés des montagnes ; elle voyait

passer devant elle , par troupes innombrables, les
buffles et les sangliers, les ours et les serpents de la
forêt ; elle apercevait en grand nombre, sous leurs
affreux aspects, les démons de toutes sortes, les Pisa-
chas au corps de serpent, les Racshasas ennemis
des Dieux. Mais la glorieuse fille du roi de Vidarbha,
Damayanti, la Reine illustre par sa splendide beauté
et sa constance merveilleuse, marchait seule et sans
crainte dans l'horrible forêt, infatigable à chercher
son époux, le Roi Nalus.

Comme, dans ce tableau du poète indien, l'homme
se trouve petit, perdu dans la création , écrasé par
la nature ! Combien dans celui d'Homère il est
maître et dominateur ! Dans le paysage oriental,
l'homme n'est qu'un accessoire imperceptible , la
nature accorde un coin obscur à cet hôte tremblant;
dans le paysage grec toute la place est prise par
l'homme et ses œuvres.

La loi littéraire des descriptions Homériques dérive de la façon particulière dont les Grecs ont
senti la nature. Elles se distinguent par la briè-
veté, par la netteté du dessin ; partout des contours
arrêtés et harmonieux ; jamais de vague et d'indécision sur un seul de leurs plans ; mais rarement
aussi des perspectives lointaines, de vastes horizons. D'ailleurs, tout y est pur, d'une couleur douce
et d'un relief modéré ; c'est une nature un peu éclec-
tique , choisie et dessinée *à souhait pour le plaisir*

Nalus , ép. du Mahabharata , traduit en latin par François Bopp.

des yeux. Pour peindre ce sol défriché par la hache
dorienne et sillonné par le soc de Triptolème , le
poète émondera largement ses impressions et sa
pensée ; on devine dans sa main la prudente serpe
du jardinier qui a greffé les beaux arbres du jardin
d'Alcinoüs. Le chantre indien décrit pour le sentiment , pour l'effet général et vague produit dans
l'âme; l'artiste grec décrit pour le regard. Qu'importe
la coordination des objets dans une harmonie intelligible à l'esprit humain et dans des proportions
commensurables avec les formes humaines , pourvu
que la vie universelle et divine présente au fond de
la nature, soit attestée par l'accumulation , par le
fourmillement des formes et des couleurs, par la
richesse de la sonorité , par la surabondance de
tous les éléments , par la confusion même et le
vague qui engendrent la terreur comme font les té-
nèbres. Ce que l'imagination indienne cherche dans
la nature, ce n'est pas ce qui parle de l'homme ;
c'est la nature elle-même et, derrière elle, le sentiment de l'infini. Mais l'imagination analytique des
Grecs a besoin d'étudier la place relative et les proportions de chaque chose ; si elle est incapable de
se rendre compte de l'ordre mystérieux et divin qui
règne dans cette apparente confusion de formes et
de vie qu'entasse la nature quand elle est libre de la
main de l'homme, cette infatigable intelligence de la
Grèce voudra introduire partout l'ordre et l'harmonie,
tels que l'esprit de l'homme les conçoit dans les objets

à son usage , et tels que sa main peut les réaliser autour de lui. Entassement confus, alliance déréglée et monstrueuse de toutes les formes et de tous les mouvements, énumération, nomenclature sans aucun artifice, voilà l'œuvre du poète indien ; de l'autre côté, choix, discernement, critique, subordination de toutes les parties à une loi, à un idéal préconçu , voilà les caractères de l'imagination hellénique. Là, toute peinture est tantôt la traduction confuse d'un sentiment grandiose , mais vague et indéterminé , tantôt la reproduction d'un symbole imposé et conventionnel ; ici nous rencontrons l'expression toujours adéquate d'un sentiment qui se possède, qui a fait le tour de lui-même ; en un mot, l'art, inconnu à l'Orient, vient de naître avec la poésie d'Homère, et, avec l'art du poète, tous les arts plastiques. Si quelque chose peut reproduire une description orientale, ce ne sera ni un bas-relief, ni un tableau , ce sera plutôt une symphonie ; une description d'Homère est déjà , par elle-même , un tableau ou un bas-relief.

L'art de décrire par la poésie et par la peinture présente deux excès à éviter : peindre trop en masse et trop confusément , faire trop saillir le détail. Ces deux excès coexistent parfois dans la même œuvre. Tel a senti dans la nature l'immense universalité, la cohésion du tout, qui, franchissant tous les aspects intermédiaires, ne verra bien que ce qui est sous son doigt ; il a saisi, dans l'horizon, la vaste chaîne des montagnes , le bras de mer et le pan du ciel qui s'unissent dans la même lumière, et supprimant tous les plans intermédiaires , les villes , les tours , les forêts et même les arbres les plus voisins, il comptera brin à brin les herbes qui l'entourent. Un tel sentiment de la nature est exclusif de l'art. Homère nomme quelques arbres qui ombragent la grotte de Calypso, les peupliers , les aulmes et les cyprès, mais, dans la prairie qui s'étend en face, lorsqu'il a indiqué parmi les fleurs l'ache et la violette , il ne pousse pas plus loin l'énumération ; les Grecs n'ont vu dans la nature que ce qu'ils pouvaient reproduire dans l'art; ils n'ont senti que ce qu'ils pouvaient s'expliquer avec leurs idées religieuses ; leurs regards ont été fermés à l'innombrable , leur cœur à l'invisible.

Ainsi que par les descriptions, le sentiment de la nature se traduit en poésie par les comparaisons et les images qui ne sont que des descriptions plus courtes. Il y a cependant cette différence entre l'image et la description, que le symbolisme n'est pas inhérent à cette dernière. La peinture d'un lieu n'implique pas en elle une signification morale ; l'essence de l'image, au contraire, c'est de renfermer sous une forme qui parle aux sens , une idée de qualité, de quantité, de caractère. Devant une simple description , l'œil s'arrête sans chercher à pénétrer au delà ; mais l'image doit être transparente. A travers l'objet de la nature auquel l'action d'un homme ou l'état de son cœur sont assimilés , c'est surtout l'idée morale qui doit apparaître, c'est l'homme qui reste le sujet principal. Cette transparence de la signification subsiste merveilleusement dans les images d'Homère ; elles sont en général brièvement exprimées et de la plus belle proportion. On n'a point assez admiré leur étonnante variété ; quoiqu'empruntées à des ordres de faits assez restreints, elles diffèrent toujours entr'elles sous quelque point de vue. La vie agricole et pastorale, celle du chasseur et du marin, fournissent à Homère les sources principales de ses comparaisons. Comme le comportait l'époque héroïque, c'est dans la vie de l'homme mêlée à la nature, plutôt que dans les habitudes et les arts purement humains, que le poète choisit ses termes d'assimilation et ses métaphores.

Les poètes modernes demandent aussi toutes leurs images à la nature, mais par d'autres causes. Lorsqu'Homère compare, il veut surtout préciser, déterminer nettement le contour d'un caractère, la portée d'un acte. C'est pour agrandir, pour étendre d'une manière illimitée ce qu'ils disent d'un homme ou d'un sentiment, que les poètes orientaux et les poètes de notre ère empruntent des couleurs à la nature ; car pour eux, la nature recouvre l'infini et chacune de ses formes communique un sens infini aux choses qu'on lui fait exprimer. Pour les esprits religieux, à qui, dans la nature, apparaît surtout l'idée de l'infini et du divin, les images, au lieu de mettre des bornes autour de la pensée, sont destinées au contraire à ouvrir, à travers elles, une plus lointaine perspective à l'âme. Dans Homère, l'idée sera bien aussi amplifiée par l'image, mais elle sera surtout plus nettement accusée, plus circonscrite. Comparés aux lions, aux sangliers, aux taureaux, les héros de l'Iliade gagnent à nos yeux en force physique, mais cette assimilation restreint ce que nous penserions de la profondeur de leurs sentiments et de l'étendue de leur cœur.

Comme termes de comparaisons pris à la nature, Homère se sert plus souvent des actions déterminées des animaux que du mouvement plus vague, mais plus grandiose des éléments; il préfère enfin tout ce qui pourrait être également figuré par les arts plastiques. C'est le contraire qui a lieu dans les poésies septentrionales, dans celle d'Ossian par exemple, où les torrents, les forêts, les vents, les nuages occupent la place que les lions et les tigres tiennent dans celle d'Homère. De tous les êtres de la nature, les animaux sont ceux dont l'action se rapproche le plus de l'action de l'homme ; c'est pour cela qu'ils fournissent tant d'images à la poésie grecque, qui considère tous les objets sous le rapport humain. Quoiqu'empruntées presque toutes à la vie agreste et primitive et à la nature, les images d'Homère, comme ses descriptions, attestent le sentiment de la prédominance de l'homme sur le monde extérieur, cette souveraineté de l'âme sur la nature qui a commencé avec l'intelligence hellénique. Les paysages peints par Homère représentent toujours des sites conquis par l'homme ou que l'homme est en voie de conquérir. Il est rare aussi que les images de ce poète soient prises dans une nature complètement primitive et indomptée ; les monstres des forêts qu'il met en scène ont presque toujours quelqu'assaut à soutenir des chiens, du chasseur ou du berger ; les torrents déchaînés rencontrent sur leur passage la cabane du laboureur ; la mer a toujours sur ses flots quelques vaisseaux à briser.

Les images d'Homère, comme ses descriptions, marquent, dans l'histoire littéraire, cette grande époque où la poésie présidera au développement des arts plastiques, qui jusque là n'avaient fait que reproduire le symbolisme religieux sous la direction de l'autorité sacerdotale. C'est Homère qui arrête les contours des figures que les sculpteurs athéniens tailleront plus tard dans le marbre de Paros. Les comparaisons et les métaphores Homériques ne parlent qu'aux yeux et à l'imagination physique; rarement elles ent'rouvrent l'horizon des sens; elles ne laissent pas apercevoir derrière elles le monde infini; mais dans l'ordre d'idées où elles se renferment, et comme tableau doué de relief et de couleur, rien de plus achevé et de plus complet ; nulle part le détail n'est dessiné dans de plus admirables proportions avec l'ensemble du sujet. Malgré ce qu'ont ces figures de naïf, de franc, de primitif, d'exempt de toute recherche , on peut dire

que l'esprit critique de la Grèce s'y fait déjà sentir;
elles attestent, même à travers leur barbarie, le
goût, le discernement, un certain éclectisme. Une
époque littéraire qui n'avait aucun sentiment de la
vie héroïque et primitive, le dix-septième siècle,
malgré l'admiration conventionnelle et peu raison-
née qu'il professait pour Homère, lui reproche quelques tableaux et quelques figures qui offusquent la
délicatesse de cour. C'est pourtant un fait singuliè-
rement remarquable que l'extrême rareté, dans la
poésie Homérique, des images qui peuvent blesser le
goût, même le goût raffiné de l'époque classique. Le
sentiment de la beauté extérieure, de la noblesse
dans la forme, de l'idéal dans la proportion, qui est
le caractère du génie grec, éclate dans l'œuvre entière d'Homère. Même à cette époque primitive, la
Grèce met en pratique ce principe d'art que nos
littérateurs ont travesti en l'énonçant sous cette formule : *corriger la nature*, mais dont la véritable expression est celle-ci : voir le beau dans la nature.
Le même objet ne présente pas la même forme à
tous les yeux ; le beau est dans l'esprit qui regarde
autant que dans la chose regardée; tout le monde,
en un mot, ne sait pas voir ce qui est beau. Les
Grecs furent les premiers à voir la beauté dans
la nature ; c'est pour cela qu'ils ont, les premiers,
produit la beauté dans l'art. Bornés dans leur signification métaphysique et morale, les faits de la nature
auxquels Homère emprunte les images qui ornent son

style, sont toujours vus par lui sous leur aspect le
plus noble ou le plus charmant, le plus fier ou le
plus gracieux, et, pour tout dire, le plus beau. Aussi,
malgré l'agrandissement de l'horizon de l'âme dans
l'homme moderne, la méthode de représentation
fondée par Homère et par les Grecs, sera toujours la
vraie méthode dans la poésie et dans les arts. Nous
voyons sans doute dans la nature beaucoup de choses
que les Grecs n'y voyaient pas, mais ces choses jusqu'à nous inconnues, il faut apprendre à les voir
comme voyaient les Grecs, avec des yeux qui savent
saisir la beauté. Pour des idées nouvelles, nous
devons avoir aussi des formes nouvelles; mais pour
les tracer, tâchons de retrouver le ciseau grec.

CHAPITRE IV.

Esprit de la révolution faite dans la poésie par Homère et le génie grec.

Le changement dans la manière de sentir le monde extérieur qui fut l'œuvre du génie hellénique et qui date du temps d'Homère, est contemporain de fait, comme il est logiquement corrélatif, d'une grande révolution survenue dans l'esprit même et dans l'essence de la poésie. Presqu'identique à la modification opérée dans le sentiment de la nature, cette révolution doit être ici sommairement caractérisée, car c'est aussi dans Homère qu'elle se personnifie.

L'ancienne critique classique faisait remonter jusqu'au mélodieux aveugle l'histoire de la poésie, et semblait ne pas admettre qu'il y eut eu des œuvres poétiques avant sa naissance. Homère a même porté le nom d'inventeur de la poésie. Une idée pareille ne provenait pas seulement du défaut de connaissances et de sens historiques ; elle émanait forcément des conditions de l'esprit littéraire des siècles formés à l'étude exclusive de l'Antiquité grecque et romaine. Dans cette tradition, le poète s'occupe exclusivement de l'homme, sans tenir compte ni du monde invisible, ni de la nature. Homère marque, en effet, le commencement de cette poésie purement humaine, succédant à la poésie divine de l'Orient. La poésie primitive étant tombée dans un profond oubli chez les Grecs, les Latins et leurs imitateurs, il n'est pas étonnant que l'auteur de l'Iliade ait passé pour l'inventeur de toute poésie. A juger les choses d'après les principes absolus, ce nom d'Homère, si digne d'être éternellement vénéré des hommes, marque cependant la première déchéance de la poésie. Quel merveilleux produit de l'âme était-ce donc que cette poésie primitive, pour que l'Iliade et l'Odyssée paraissent à côté d'elle l'œuvre d'une race déchue ? Nous n'en savons qu'une chose; c'est que Dieu et la nature y tenaient la place qu'ont usurpée depuis les passions de l'homme et les agitations des sociétés.

L'Antiquité grecque elle-même, chez quelques-uns de ses sages, nous laisse voir cette opinion d'une espèce de déchéance dans la poésie, à l'époque et par l'action d'Homère. Notre lumière en ce point, c'est le plus divin, le plus poètes des philosophes, c'est Platon. Dans ce fameux passage du livre troisième de la République, duquel une critique superficielle et, à sa suite, le vulgaire routinier, ont conclu que Platon bannissait la poésie de sa société idéale, nous trouvons les éléments de la distinction entre deux sortes de poésie, et l'idée de l'infériorité de la poésie Homérique relativement à une poésie plus ancienne. Ce troisième livre de la République est, du reste, une des sources les plus fécondes de l'esthétique. Toute la philosophie du beau, et, partant, toute la théorie de l'art sont semées dans les divers dialogues de Platon.

L'auteur du Phédon et du Banquet bannissant la poésie! c'est là le blasphême le plus impie et le plus absurde qui ait été proféré et contre la poésie et contre le divin philosophe. La fin du deuxième livre de la République et le commencement du troisième rétablissent dans son véritable sens le passage où l'on a cru voir un arrêt contre les poètes; ces morceaux nous indiquent, en même temps, le caractère de la révolution faite dans la poésie par le chantre d'Ulysse et d'Achille.

Platon traite de l'éducation des enfants de la classe des guerriers, qui sont destinés à être le soutien de l'état; il pense que le plus grand nombre des fables dont on peuple leur mémoire doit être rejeté de l'enseignement; et parmi ces fables, il cite celles d'Homère et d'Hésiode. S'expliquant ensuite sur ce qu'il blâme chez ces poètes, les nombreux exemples qu'il indique et les commentaires dont il les accompagne, ont tous pour but de combattre l'anthropomorphisme d'Homère. Ce dont il blâme le poète, c'est d'avoir donné aux Dieux la forme et les passions humaines. Là est le secret de la condamnation dont il frappe les poètes, et c'est à Homère qu'il s'en prend particulièrement comme représentant une forme déchue et profane de la poésie. Nous faisons sur Homère la même observation; à la place de Dieu, seul héros qui remplissait toute la poésie primitive, il a mis dans la sienne l'homme même sous la forme de Dieu; il a posé la figure de l'être fini et relatif sur ce trône harmonieux et splendide qui jusque là était réservé à l'Être absolu. Entre ses mains, la poésie a donc cessé d'être une révélation, un enseignement dont toutes les parties étaient également profondes et vraies. Avec la peinture des passions, un élément faux et pervers s'est introduit dans ses chants; il a représenté ce que l'on doit fuir et non ce que l'on doit poursuivre, la réalité au lieu de l'idéal, la vie humaine au lieu de la vie divine.

C'est comme poète tragique qu'Homère est banni de la république de Platon ; en effet, le drame est le dernier terme de la révolution faite par Homère au sein de la poésie primitive dont la poésie lyrique a conservé au moins quelques allures extérieures. En créant l'épopée, Homère a remplacé par le récit des actions successives et contradictoires des hommes, la contemplation de l'immuable dans la vie divine, qui se traduisait par le monologue de l'âme en face de la création. La poésie lyrique est identique à la forme de la poésie primitive; elle ne raconte pas des évènements passagers; elle exprimait à son réveil les sentiments simultanés constituant dans le cœur de

l'homme l'extase engendrée par l'aspect de Dieu dans
la nature, son image extérieure et vivante. En intro-
duisant le récit dans le lyrisme primitif, en faisant
ainsi la plus large place à l'homme dans le sentiment
et dans la peinture de l'universel, l'épopée Homérique préparait une révolution encore plus humaine,
une nouvelle déchéance pour la poésie. Dans l'épopée, le divin et l'humain se trouvent au moins mé-
langés ; l'homme n'occupe pas la scène tout seul, la
nature apparaît encore, quoique réduite à un rôle
secondaire, au rôle de cadre ou de fond du tableau ;
Dieu lui-même y assiste derrière les divinités anthropomorphes qui se mêlent à l'action. La Grèce destinée à étouffer un moment le sentiment de l'infini et
celui de la nature au profit de la liberté, la Grèce devait arriver à une poésie plus exclusivement humaine
que l'épopée; elle créa le drame; elle fit descendre la
poésie à mettre en scène les passions et les intérêts
des hommes, comme elle fit descendre la statuaire
de l'emploi de représenter les formes mystiques de
l'idée de Dieu, à celui de reproduire les héros et les
hommes, en leur donnant des noms de dieux. Au
point de vue de l'absolu, du type idéal de la poésie,
ce serait une déchéance qui aurait donné au monde
Homère, Eschyle, Sophocle, Euripide et Phidias.
Telle est la pensée de Platon, et il n'y a pas d'hy-
pothèse qui ne puisse s'enhardir à l'abri de cette
autorité. Ce poète, que le sage des sages veut bannir
de sa cité, ce n'est pas celui dont la lyre adoucit les

lions et les tigres , celui qui bâtit avec sa voix les fondements des villes, celui qui enseigne aux hom—mes les noms divers et mystérieux de l'Etre; ce n'est pas, en un mot, le vrai poète, c'est—à—dire le poète lyrique, le poète religieux, l'Orphée. Toute la République, au contraire, est basée sur cette poésie sacrée qui distribue la connaissance de Dieu, du Dieu sans forme individuelle, du Dieu invisible, manifesté par l'ensemble des choses. Le poète que proscrit Platon, c'est le poète épique, à cause des premiers menson—ges qu'il s'est permis au sujet des Dieux ; c'est sur—tout le poète qui oublie et Dieu et la nature, pour ne peindre que les passions et les irrésolutions des hommes : c'est le poète dramatique.

Écoutons le sage : « Si jamais un homme habile dans l'art de prendre divers rôles et de se prêter à toutes sortes d'imitations, venait dans notre état, et voulait nous faire entendre ses poëmes, nous lui ren—drions hommage comme à un être supérieur, merveil—leux, plein de charmes ; mais nous lui dirions qu'il n'y a pas d'homme comme lui dans notre état, et qu'il ne peut y en avoir; et nous le congédierions après avoir répandu des parfums sur sa tête et l'avoir couronné de bandelettes; et nous nous contenterions d'un poète et d'un faiseur de mythes, plus austère et moins agréable , mais plus utile , dont le ton imiterait le langage de la vertu et qui se conformerait aux règles que nous aurions établies en nous chargeant de l'é-ducation des guerriers. »

Aux yeux de l'ancienne critique, Platon bannissant les poètes qui ne mettaient en scène que l'homme et ses passions, semblait naturellement proscrire toute poésie, car cette critique n'avait pas la notion d'une poésie supérieure ; elle ne tenait pas compte du sentiment de l'infini et du sentiment de la nature. La poésie purement anthropomorphe, la poésie imitative et réaliste, la poésie sans la lyre, en un mot, s'est considérée avec raison comme répudiée par le philosophe, et malgré l'évidence du morceau que nous venons de citer, elle n'a pas compris que la vraie, la grande, la sainte poésie, était au contraire appelée avec amour dans la cité du divin penseur.

Cette première décomposition de la poésie, signalée par Platon, et qu'il attribue avec justice à Homère, s'est faite, comme nous le voyons, en même temps que la décomposition du sentiment primitif de la nature ; ces deux faits sont la conséquence l'un de l'autre. Le même moment vit aussi la science se séparer de la poésie. Sans toucher à ce grand côté de l'histoire du sentiment primitif de la nature qui reste en dehors du sujet de ce travail, cherchons néanmoins, par rapport à la poésie, quel est le sens et la loi de ce premier démembrement de la sagesse des anciens jours.

Le premier acte poétique de l'esprit humain fut un sentiment direct et synthétique de la totalité de la nature, en tant que révélatrice de la vie uni-

verselle , de l'Être infini et sans bornes. Quand
les premiers regards de l'homme, après avoir
confusément embrassé la généralité des choses ,
discernèrent par grandes masses dans l'ensemble,
les phénomènes particuliers chacune de ces gran—
des masses de phénomènes resta pour l'homme
révélatrice de l'infini dans une de ses faces ; par
conséquent, l'unité du sentiment de la nature per-
sista comme lien entre les sentiments moins gé-
néraux des différentes parties de l'univers. Ainsi ,
l'aspect de la mer sans limites , l'aspect du ciel
peuplé d'astres sans nombre , celui de la lumière
impalpable et omniprésente , comportaient le senti-
mentd'un être également immense, également infini,
quise revêt aux yeux de l'homme de ces divers
attributs. Mais comme l'unité de la nature se combine
avec la multiplicité et la diversité des formes et des
êtres , cette multiplicité , impossible à dénombrer ,
faisant disparaître l'idée de fin et de limite , provo-
que aussi le sentiment de l'infini. Le sentiment primitif de l'infini, d'où naquit le panthéïsme oriental ,
renfermait donc, dans son universalité, le sentiment
de la multiplicité et de la diversité des formes de
l'Etre. Malgré tout ce qu'eut d'abord d'écrasant pour
l'âme humaine , cette impression faite par l'univers,
et quelque faible que fut encore la conscience de la
personnalité , ce germe du développement de l'âme
ne put être détruit. La notion confuse, il est vrai, de
la personnalité subsista au milieu du sentiment d'un

seul être infini et de la multiplicité des formes de cet être. La synthèse primitive de la connaissance humaine, cette révélation faite par la nature, renfermait donc à la fois le panthéisme, le polythéisme et le déisme.

Il n'entre pas dans le plan de cette étude de toucher aux origines du déisme primitif, auxquelles se rattachent, à travers la révélation mosaïque, les saintes traditions du Christianisme ; nous ne faisons ici qu'esquisser une période de l'histoire du sentiment de la nature. En réalité, la nature est bien révélatrice de l'infini, mais elle n'en est pas seule révélatrice; le caractère du Mosaïsme et du Christianisme, c'est précisément d'être une révélation de l'infini tout-à-fait indépendante de la nature, supérieure à la nature. C'est donc en dehors de la tradition déiste, et dans les poésies et les religions distinctes de la poésie et de la religion hébraïque, que nous avons dû analyser la décomposition du sentiment primitif de la nature. C'est l'Inde, l'Egypte et surtout la Grèce qui se trouvaient le théâtre forcé des observations dont nous avions placé le centre dans la poésie Homérique.

Sur la terre classique du panthéisme, dans l'Inde elle-même que cette doctrine condamne à l'immobilité de l'extase, la notion des existences distinctes dut s'introduire dans le sentiment synthétique de la nature, quoiqu'il absorbât presqu'entièrement celui de la personnalité humaine. Le développement humain voulu de Dieu n'eût pas été possible dans le sein de l'extase primitive. Tout mouvement implique la succession, toute vie implique l'individualisation, toute connaissance implique la distinction. Il fut donc nécessaire que Dieu, dont l'unité éblouissait l'âme à travers la nature, se manifestât aussi dans sa diversité, et que la diversité se montrât pareillement dans l'humanité par la séparation des races et des religions, en même temps que la division des points de vue, source de la connaissance distincte, s'opérait dans l'esprit humain. Le sentiment de telle ou telle des faces multiples de la nature devait donc prédominer chez certains hommes et certaines races d'hommes, au milieu des impressions faites par l'ensemble des choses ; chez quelques-uns même, le sentiment d'un phénomène isolé dût exclure toute notion du général et de l'universel. Ainsi, dans le sein du panthéisme de l'Inde apparaissent les germes du polythéisme, l'idée de la multiplicité des personnes divines basée sur la multiplicité des formes et des êtres au sein de la nature. Tantôt, ce sera Dieu plus particulièrement conçu comme lumière inextinguible, comme le soleil ou l'ensemble des cieux, sous le nom d'Indra ; tantôt, Dieu personnifié comme l'étendue sans bornes, l'Océan dont nul n'a vu le fond, l'abîme infini, père de toutes choses, sous le nom de Brâhma ; ou bien enfin la divinité comprise comme cette puissance orgiaque de la nature qui se manifeste par la destruction et la reproduction inces

santés des formes, par la guerre que se font les animaux ; par les volcans, les foudres, et, en même
temps, par le rapprochement sauvage des sexes dans
l'atmosphère embrasée des Indes, puissance person-
nifiée dans Siva. Dieu se montrera encore dans les
mille avatars ou transformations de chacune des
personnes divines qui reparaissent dans chacun des
objets de la nature. Ainsi, déjà dans l'Inde, à travers
le sentiment panthéistique, apparaît la faculté de considérer chacun des phénomènes de l'univers comme
isolé, et même de le personnifier, de le douer de
l'individualité au point d'en faire un Dieu. Mais, il ne
faut pas s'y tromper, jamais dans l'Inde les Dieux
individuels ne rompront la chaîne qui les unit les
uns aux autres dans le Dieu universel. Quelque
prédominant que se montre dans certains des cultes
de l'Asie le sentiment d'une des faces particulières
de la vie universelle, jamais ce sentiment n'y sera
exclusif au point de détruire l'idée de la vie dans le
reste de la nature ; derrière le sentiment de l'individuel et de la limite, persistera l'intuition de l'universel et de l'infini. La personnification accidentelle des
diverses manifestations de la vie divine, n'imposera
pas aux Dieux qui en naîtront une forme immuable
cherchant à emprisonner l'infini dans un seul type,
comme le moi humain est emprisonné dans la forme
humaine. Le Dieu pourra prendre alternativement et
même simultanément toutes les formes animales,
végétales et minérales ; à peine si la figure humaine

sera pour lui l'objet d'une simple prédilection , et si, dans ses nombreux avatars , il préférera le corps du guerrier ou de la jeune fille à ceux du tigre ou de la colombe , du palmier ou de la rose. Aussi le poète s'habitue à le retrouver et à le peindre sous toutes les formes ; et tous les objets , par leurs rapports, manifeste avec un Dieu, trahiront leur dépendance de la vie universelle, de l'ensemble de la nature , en un mot, de l'infini.

Dans ce monde de l'Orient, les arts plastiques, restés sous la direction du sacerdoce comme la poésie, constateront cette variété d'existences du Dieu par la complexité de la forme visible qui lui est donnée pour symbole. Non seulement la forme humaine, dans ses proportions qu'écrasent les proportions colossales de la nature , ne suffira pas à renfermer l'idée du Dieu , mais aucune forme particulière, si grandiose et si terrible qu'elle soit, ne pourra exprimer cette synthèse mystérieuse. Tous les règnes de la nature fourniront quelques traits à l'image monstrueuse et divine, ou plutôt, la véritable, la primitive image du Dieu ne sera pas l'idole , mais le temple lui-même, c'est-à-dire la montagne entière creusée en voûtes innombrables ; voilà quel sera le premier symbole plastique du Dieu-nature. La figure du Dieu de l'Inde, c'est l'hypogée tout entière ; et les mille parois de granit le représenteront dans ses mille métamorphoses , à la fois homme et serpent , aigle et lion, monstrueux composé d'animaux et de plantes , vivant à la fois d'une multitudes de vies.

Chez le poète indien, le sentiment de l'infini dans la nature naîtra du panthéisme ; l'idée de l'invisible caché derrière cette nature sera aussi intense dans son âme que dans celle du chrétien mystique; et cependant, cette idée ne fermera pas son cœur au sentiment de la vie dans les objets particuliers, comme il arrive au déiste moderne. Dans l'Inde chaque animal , chaque arbre , chaque fleur a pu renfermer le Dieu et participe perpétuellement à l'ensemble de la vie divine ; chaque plante, chaque arbuste, chaque insecte, c'est la vie divine elle-même individualisée dans certaines conditions. Ce n'est plus là cette existence toute personnelle , toute humaine , toute isolée des autres existences, dont l'étroit anthropomorphisme grec va douer plus tard les chênes et les sources transformés en Nymphes ; c'est une vie plus semblable à la véritable vie de la nature, dans laquelle l'objet particulier n'apparaît jamais sans les racines qui l'unissent à la vie générale , et où son individualité elle-même ne se maintient que par une communion incessante avec cet ensemble infini. Aussi l'infini apparaît à tous les horizons de la poésie indienne ; des multitudes de personnages s'y agitent, pareils aux milliers d'êtres qui fourmillent dans la forêt vierge, sous l'ardent soleil des bords du Gange. Sous ces créations luxuriantes, on sent partout le sol métaphysique ; on aperçoit de partout , à travers

les rameaux, l'enveloppe infinie du monde, le ciel ;
ce vêtement splendide de l'invisible. Tel apparaît le
sentiment de la nature dans les fragments déjà ré-
vélés au génie occidental de ces immenses épopées
de l'Orient, auprès desquels l'Iliade et l'Odyssée ne
forment, pour l'étendue, que de minces épisodes. Le
sentiment de la nature que trahissent ces œuvres,
est le plus intégral qui existe dans aucune poésie ;
toutefois nous pouvons dès aujourd'hui augurer qu'il
renaîtra dans une poésie encore impossible, mais plus
pur, mais approfondi, agrandi par le spiritualisme
chrétien et l'immense travail de la science moderne.

Il était de tradition, dans l'ancienne critique, de
dire que la poésie grecque animait toute la nature.
Quelques écrivains ont paru plaindre vivement la
mer, les forêts, les fontaines et le soleil, d'avoir
perdu leur personnalité mythologique, et ont cru
que la vie était retirée à ces grands êtres avec les
noms de Neptune, de Phœbus, de Nymphes et de
Dryades. La nature, aux yeux de ces critiques, tire-
rait sa vie de l'imagination des hommes et non pas
de la vie absolue et de la pensée de Dieu. Ce seraient
donc les poètes grecs qui auraient introduit la
poésie dans la nature. Avant Homère, la mer immense, le ciel étoilé, la chaste lune, le char écla-
tant du soleil n'avaient rien dit au cœur de l'homme ;
c'est l'anthropomorphisme qui a poétisé l'univers.
Nous disons, nous, que la Grèce et l'anthropomor-

phisme ont détruit le sentiment de la nature. C'était
là, du reste, la mission du génie grec ; il devait
fonder l'humanité par sa victoire sur la nature et
les anciens Dieux. L'œuvre est assez grandiose pour
faire oublier le tort causé à la poésie.

Comment le polythéisme grec a-t-il détruit le sentiment poétique de la nature?

Considérés relativement à toutes les vies et à tous
les êtres particuliers, la vie et l'être humain leur sont
certainement supérieurs; mais si on le compare à l'ensemble de la nature, l'homme est à la fois au-dessus et
au-dessous d'elle. Ce qui distingue essentiellement
l'être humain du reste de la création, c'est la liberté ;
par elle il ressemble à l'Être divin, mais c'est par
elle aussi qu'il se sépare de la vie divine ; c'est par
elle qu'il cesse d'être un prolongement direct, une
manifestation immédiate de l'existence de Dieu ; c'est
elle qui rompt la communion permanente qui rattache toute vie et toute force à la vie et à la force de
l'absolu. L'être sans liberté et sans conscience n'a
pas de personnalité, par conséquent il n'a pas de vie
indépendante ; il ne participe qu'à la vie générale.
Mais cette vie générale que peut-elle être autre chose
qu'une manifestation de la vie même de Dieu? En
tant que particulier, chaque objet de la nature est,
dans sa petitesse, comme un pur néant devant Dieu ;
en tant que faisant partie de l'ensemble de la nature,
sans en avoir été détachée par la personnification,
chaque créature de l'univers forme un trait de la

forme extérieure de l'invisible infini ; elle est une parcelle de ce vêtement sacré de Dieu dont le seul toucher vivifie.

Du moment où vous ne considérez dans un objet de la nature physique que ce qu'il a de particulier, vous le destituez de sa véritable vie et de son importance esthétique. La contemplation des propriétés de l'existence, renfermées dans un objet isolé et que l'on finit par concevoir comme source de sa propre vie, telle est l'origine du fétichisme, religion muette et sans poésie des peuplades sauvages de l'Afrique. Le fétichisme, la croyance à une vie personnelle dans l'objet sans liberté, sans conscience et isolé de la vie générale, c'est la plus monstrueuse idolâtrie, c'est l'adoration du néant ; c'est là un sentiment faux et absurde de la nature ; aucune poésie ne peut en dériver.

Prendre un objet de la nature, une série de phénomènes et les représenter doués de la personnalité, de la conscience, de la liberté humaines, c'est, en voulant élever ces êtres à un état qu'ils ne possèdent pas dans la réalité, les séparer de la vie de l'ensemble, les arracher à cette communion qui fait toute leur grandeur et leur véritable existence, et, par là, les exposer à tomber plus tard, aux yeux des hommes, dans une espèce de néant, si tôt que s'évanouira ce prestige d'anthropomorphisme dont on les avait entourés ; car le sentiment de la participation de ces objets à la vie générale, détruit par la personnification, ne pourra pas renaître immédiatement. Le fleuve et l'arbre, pour être déifiés sous forme humaine, ont dû être privé de leur vie et de leur caractère d'arbre et de fleuve; quand leur nom mythologique sera effacé, quand leur effigie humaine sera brisée, ils resteront quelque chose sans vie et sans nom qui n'aura plus de signification esthétique pour les peuples, qui n'éveillera plus que des sensations au lieu d'engendrer des idées et des sentiments.

Voici par exemple le génie anthropomorphiste de la Grèce en face de la mer. La mer, cette indescriptible immensité, ce mouvement éternel, cette image sans forme et sans limites du chaos primitif! Dans ses sombres entrailles, des milliers d'êtres monstrueux s'agitent; les germes des continents dorment dans ses profondeurs incommensurables; formés par le travail séculaire d'insectes microscopiques, ils s'élèvent de jour en jour vers la surface de l'onde pour voir le soleil qui les fécondera. La mer! cette chose qui confond l'esprit, ce symbole visible de l'Eternel inconnu! la mer a pris la forme et le caractère humain; elle devient Neptune, avide, turbulent, robuste, vindicatif, aveugle dans sa force, admirablement dessiné, d'ailleurs, pour exprimer ce qui peut être rendu par des actes humains de cette vie merveilleuse de l'Océan. Au lieu de l'Océan lui-même, c'est donc la figure de Neptune qui posera devant le poète; elle, qui lui cachera la mer immense; elle, qui traduira, sur sa physionomie grandiose mais limitée, toutes les passions qui agitent la face terrible et sans bornes de la mer.

A Dieu ne plaise et aux Muses immortelles, que nous lancions le blasphème sur une croyance, sur un sentiment qui nous ont valu la peinture de la tempête excitée contre Ulysse, au cinquième livre de l'Odyssée. La langue du critique se séchera avant de contester à cette œuvre la grandeur, la précision, l'harmonie, la réalité frappante, l'effet dramatique, et surtout l'incomparable mélodie de la langue grecque. Mais qu'arrivera-t-il si vous ôtez à ce courroux de l'Océan la voix d'Homère, en lui laissant la forme de Neptune? Vous n'aurez plus que de fastidieuses copies, que des sentiments factices. D'ailleurs, en présence des grands orages de la mer, vous tous qui n'êtes pas Homère, mais qui voyez la nature avec votre cœur au lieu de la chercher dans les fables grecques, n'auriez-vous pas à nous dire quelque chose de plus profond et de plus religieux?

Une seule grande figure restera sur l'Océan peint par Homère, quand une croyance nouvelle aura fait évanouir la menteuse image de Neptune ; c'est la figure héroïque d'Ulysse. Dans cette supériorité de l'homme sur l'élément réside tout l'esprit de la révolution que la Grèce a fait subir au sentiment esthétique de la nature. Le poète grec a beau accumuler les magnifiques paroles pour peindre les Dieux et la nature, il a fait l'homme vainqueur de la nature et plus grand que les Dieux. Dans ce passage de l'Odyssée, ce n'est pas l'homme qui se sent petit devant l'immensité de la mer ; c'est l'Océan lui-même qui s'amoindrit devant Ulysse ; c'est l'intelligence, c'est le courage humain qui triomphent des vents et des vagues soulevés par la colère d'un immortel.

Sois donc éternellement bénie, ô Grèce, mère de la liberté ! Tout ce que tu as retiré de grandeur aux Dieux et à la nature, tu l'as donné en indépendance, en force, en lumière à la conscience de l'homme !

FIN.

TABLE.

—